野望の埋火〈上〉

居眠り同心 影御用24

早見 俊

時代小説

二見時代小説文庫

野望の埋火《うずみび》〈上〉——居眠り同心 影御用24

目次

野望の埋火《うずみび》〈上〉——居眠り同心影御用24・主な登場人物

蔵間源之助《くらまげんのすけ》……北町奉行所の元筆頭同心で今は閑職の〝居眠り番〟。難事件に挑む。

蔵間源太郎《くらまげんたろう》……源之助の息子。北町の定町廻り《じようまちまわ》同心となり矢作兵庫助の妹、美津《みつ》を娶る。

矢作兵庫助《やはぎひようごのすけ》……凄腕とも豪腕とも呼ばれ、南町奉行所きっての暴れん坊同心の評判を取る男。

京次《きようじ》……通称「歌舞伎《かぶき》の親分」と呼ばれる男前。源之助に見い出され岡っ引きとなる。

宗方彦次郎《むなかたひこじろう》……源之助の旧友、元陸奥国弘前藩士。後に宗方道場の道場主となる。

大曽根一龍斎《おおそねいちりゆうさい》……京八流《きようはちりゆう》の流れを汲む宝生一念流《ほうしよういちねんりゆう》を会得した老剣士。

白河楽翁《しらかわらくおう》……かつての老中首座にして将軍後見役であった松平定信《まつだいらさだのぶ》の隠居名。

左右田健三郎《そうだけんざぶろう》……道場破りに遭った君塚勘太夫道場の門人。

一橋大納言治済《ひとつばしだいなごんはるさだ》……将軍家斉《いえなり》の実父。江戸城にも大きな影響力を持っている。

牧村新之助《まきむらしんのすけ》……同心見習いの頃、源之助に仕込まれ、後に源太郎を指導した北町の筆頭同心。

橋本右京《はしもとうきよう》……相州《そうしゆう》浪人。無外流の遣い手。天罰組における補佐役となる。

湊屋伝兵衛《みなとやでんべえ》……工藤壱岐守と組み私腹を肥やしたとされ天罰組に斬殺される。

清蔵《せいぞう》……湊屋の番頭。

杵屋善右衛門《きねやぜんえもん》……日本橋長谷川町の老舗の履物問屋の五代目。源之助とは旧知の間柄の碁仇《ごがたき》。

第一章　謎の道場破り

一

今年は秋が短かった。

葉月《はづき》が終わるまで残暑が残り、長月《ながつき》になってようやく爽やかな風が吹き始めたものの、秋の長雨に祟《たた》られ、神無月《かんなづき》を迎える頃には肌寒くなり、早くも冬の足音が近づいている。

文政《ぶんせい》元年（一八一八）の神無月二十日も朝から冷たい雨がそぼ降っていた。番傘を差し、蔵間源之助《くらまげんのすけ》は神田小柳町《かんだこやなぎちょう》を歩いている。

背は高くはないががっしりした身体、日に焼けた浅黒い顔、男前とは程遠いいかつい面差《おもざ》し、一見して近寄りがたい風貌である。北町奉行所の同心という素性がこれほど似合う男も希《まれ》だ。

実際、かつては筆頭同心として江戸中の悪党を震え上がらせていたのだが、思いもかけない失態で筆頭同心を外《はず》され、両御組姓名掛《りょうおんくみせいめいがかり》という閑職にある。

今日も暇なことをいいことに旧友が営む道場を訪れた。神田小柳町一丁目にある中西派一刀流宗方道場《なかにしはいっとうりゅうむなかたどうじょう》である。

母屋《おもや》の玄関で番傘を畳み、

「しばらくだな」

と、声をかける。

「よく来てくれたな」

道場主である宗方彦次郎《ひこじろう》は笑みを浮かべ、歓迎してくれた。しかし、笑顔の裏には厳しい現実がある。

十日前に起きた火事で道場が類焼したのだ。昨日から仮設の道場で稽古は再開されたものの、門人たちは足が遠退《とおの》いている。不幸は重なるもので、妻の亜紀《あき》が病《やまい》に倒れたという。

「亜紀殿、具合はどうだ」

まずは亜紀のことが心配だ。

「正直なところ、決してよくはない」

彦次郎の案内で母屋の寝間へと向かった。不幸中の幸いは母屋が焼け残ったことだ。

雨に降り込められた庭は雑草が目立ち、黒板塀に朽葉色《くちばいろ》の落ち葉が掃き寄せてある。隅には焼け出された廃材や壊れた瓦《かわら》が積んであった。うすぼんやりとした情景は冬の訪れと共に火事の悲惨さと宗方道場の暮らしが決して楽ではないことを想像させ、雨音が侘《わび》しさを際立たせていた。

「入るぞ」

彦次郎が声をかけると、障子越しに衣擦《きぬず》れの音が聞こえた。無理をさせ、起こしてしまったのではないかと源之助は悔《く》いた。それでも、

「どうぞ」

かすれた声が聞こえ、彦次郎が障子を開けた。寝巻を着た亜紀が蒲団の上で正座をしている。顔色は悪く、頰もこけ、やつれた面を伏せていた。

「寝ておられよ」

挨拶より先に気遣った。亜紀は蚊《か》の鳴くような声で大丈夫だと答えたが、源之助は彦次郎に目で寝かせるよう促した。

「休んでおれ」

彦次郎は亜紀の肩から布団をかけ、寝るよう勧めると失礼致しますと小声で断ってから亜紀は身を横たえた。ありきたりの言葉しかかけられない。火鉢もない寒々とした寝間に加え、雨風にかたかたと鳴る障子がわびしさを助長させる。両目が閉じられた亜紀の蒼白の顔を見ると源之助は居たたまれなくなり、見舞いを切り上げた。

そっと障子を開け、廊下に出る。

廊下で、

「弱っておられるな」

源之助が問いかけると、

「本人は大丈夫だと申しておるが見ての通りだ。この一月《ひとつき》、無理をして家事や門人の世話などしてくれておったのだが火事に見舞われ、道場が燃えてしまったことで張り詰めていた気持ちが切れてしまったようだ」

答える彦次郎も精彩を欠いている。

源之助は見舞いだと一分金を手渡した。彦次郎は受け取ってから、

「せっかく来たのだ。久しぶりに汗を流してゆかぬか」

表情を和らげた。

「よし、やるか」

源之助も承知をした。

源之助は胴着と胸当て、面を借り、道場の板敷に立った。急造された掘っ建て小屋の道場で門人たちが稽古《けいこ》にいそしんでいる。僅か五人、しかも動きが緩慢でお義理で竹刀《しない》を振っているかのようだ。

彦次郎が、

「やるぞ」

と、源之助に声をかけてきた。

「負けぬぞ」

源之助も受けて立った。

二人は板敷の真ん中で対峙《たいじ》した。

源之助が正眼《せいがん》に構えると彦次郎は受けて立つように八双《はっそう》に構えた。

板葺《いたぶ》き屋根を打ちつける雨音が響いている。

雨音をかき消すように、

「てえい！」

源之助はすり足で間合いを詰め、突きを繰り出した。

彦次郎は左足を引き、源之助の竹刀を袈裟懸《けさが》けに叩いた。
次いで、間髪容《かんはつい》れず彦次郎は源之助の籠手《こて》を狙った。
咄嗟《とっさ》に源之助がかわすと彦次郎の竹刀が空を切った。
源之助と彦次郎は同時に後ずさった。
三間の間合いを取り、睨み合う。
「とう！」
今度は彦次郎が仕掛けてきた。大上段から裂帛《れっぱく》の気合いで竹刀を振り下ろす。
源之助は受け止めると強く彦次郎を押した。
しかし、彦次郎は動かない。
腰を落とし、板敷に根が生えたように微動だにせず、源之助を押し返す。
源之助も意地になった。
二人は板敷の真ん中で鍔迫《つばぜ》り合いを演じた。
お互いの力と力、剣客《けんかく》としての意地の張り合いのようだ。
と、源之助はさっと背後に飛んだ。
二人の間に隙間が生じた。
次の瞬間、源之助は彦次郎の胴を狙った。

ところが、源之助の竹刀が彦次郎の胴を打ち付ける寸前、彦次郎の竹刀が源之助の籠手を打った。

源之助の手から竹刀が転げ落ちた。

心地よい汗をかいた。

「やはり、稽古不足はいなめぬな」

源之助は苦笑を漏らした。

「歳のせいではないのか」

からかいの言葉をかけてくる彦次郎の表情は明るい。一人の剣客に返り、思う存分竹刀を振るったことで、束の間ではあるが厳しい暮らしぶりを忘れることができているのだろう。

「なんの、歳なんぞ関係ない。今回は稽古不足が祟って遅れを取ったが、修練を重ねて次回手合せをする時には絶対負けぬぞ」

源之助も笑顔で返した。

「負けず嫌いは相変わらずだな」

彦次郎が笑い声を上げたところで、

「たのもう」

玄関で声がした。

枯れて弱々しいもののよく通る声だった。

いつの間にか雨が上がっていた。

門人の一人が応対に出向いた。程なくして戻って来た門人は道場破りだと報告した。

道場破りが現れた際、いくらかの路銀を包み、渡してやるのが通常の対処法であるが、

「受けて立とう」

彦次郎は勝負に応じた。

暮らしが楽ではないというのではなく、剣に対し真摯《しんし》な彦次郎であるがゆえ、路銀稼ぎ目的の道場破りを許せないに違いない。たった今、源之助と手合せを行ったとあって剣客としての血が燃え盛ってもいるに違いない。

ところが、

「それが……」

門人は躊躇《ためら》いを示した。はっきりとしない門人に苛立《いらだ》ったのか、

「構わぬ、通せ」

彦次郎は強い口調で命じた。門人はわかりましたと玄関に向かった。

見所《けんぞ》に座り、彦次郎は道場破りを待ち構える。門人たちは両の板壁に沿って正座をした。源之助も板壁の前に座り見守る。

道場破りめ、いくばくかの路銀をせしめようとして当てが外れたのではないか。どんな間抜けなのか源之助も意地悪な興味を抱いた。同時に、そんな輩《やから》に痛い目を見せてやれと彦次郎に期待する。

門人の案内で現れたのは老人であった。肩まで垂れた白髪、よれた着物に裁着《たっつ》け袴《ばかま》、背中が丸まり、足取りも覚束《おぼつか》ない。門人の間から失笑が漏れた。

源之助は失望と共に老人への憐みを抱いた。よぼよぼの老体に鞭《むち》を打ち、道場破りと称して路銀稼ぎをして暮らしを立てているのだろう。彦次郎も唇を引き結び厳しい表情をしているが目は困惑に揺れている。

老人は彦次郎の前にあぐらをかいた。続いて一礼すると、

「拙者、浪人大曽根《おおそね》一龍斎《いちりゅうさい》と申す。道場主宗方彦次郎殿と手合せを願いたい」

と、枯れた声で言った。

しかし、これでは、立ち合いどころか竹刀を構えることも案じられる。誰が見ても、路銀欲しさにやって来たことはみえみえであった。

「大曽根殿、剣はどちらで学ばれた」

彦次郎は丁寧な物腰で問いかけた。

「拙者、京の都に生まれ育ち、鞍馬《くらま》山中にて京八流《きょうはちりゅう》の流れを汲む宝生一念流《ほうしょういちねんりゅう》を会得した」

宝生一念流とは聞いたことがない流派だが、京八流なら源之助も知っている。平安時代後期の京都《きょうと》で陰陽師《おんみょうじ》であった鬼一法眼《きいちほうげん》によって創始され、鞍馬山で八人の僧侶に伝承された剣法である。若き日の源義経《みなもとのよしつね》、すなわち牛若丸《うしわかまる》が習得したことでも有名である。

会得したということは、宝生一念流は大曽根によって創始されたのだろう。風体《ふうてい》からすれば伝説の剣客鬼一法眼を思わせるが、よれた立ち居振る舞いは剣の使い手とはとても思えない。若い時分に京八流の流れを汲む道場で剣をかじった程度ではないのか。

果たして彦次郎も疑念を抱いたようで、

「拙者、浅学にて失礼ですが、宝生一念流とはいかなる流派でござるか」

大曽根は目をしばたたかせ、

「京八流の剣を受け継ぎ、わしが独自の工夫を凝らして開いた流派である」

ぼそぼそとした声で答えた。

要するに我流《がりゅう》ということだ。

門人たちの中には笑いを嚙み殺している者もいる。彦次郎は表情こそ変えないが、

「それはかまわぬが……」

躊躇《ためら》いを示した。

こんな老人を打ち負かしたところで自慢にはならないし、第一大曽根の身が案じられるのだろう。すると、大曽根は、

「宗方殿、この老体をご覧になって躊躇っておられるかもしれませんが、かまわぬ。遠慮なく手合せしてくだされ」

声音《こわね》は枯れているものの、話はしっかりと聞き取れるのは、大曽根は歯が揃っているためだと源之助は気付いた。

「手加減なしでお願いしたい」

念押しするように大曽根は言葉を重ねた。

「わかりました。手合せを致そう」

彦次郎は立ち上がり、防具をつけるよう大曽根に言った。大曽根はよっこらしょと言って腰を上げると、

「わしは、このままでよい」

と、彦次郎を見た。

彦次郎が躊躇いを示しても、

「このままでやらせてくだされ」

竹刀だけを受け取った。

敢えて彦次郎もそれ以上は勧めることなく、よろしいと板敷の真ん中に立った。大曽根もふらふらとした足取りで彦次郎の前に対峙する。彦次郎が正眼に構えているのに対して大曽根は下段に構える。というよりも右手にぶら下げているといった方がいい。

彦次郎は当惑していたものの、

「いざ」

と、声をかけてからすり足で間合いを詰める。

大曽根は竹刀を構えることもなく身体を左右に揺らした。

彦次郎は苛立ったように、

「構えられよ」

声をかけた。

「このままで結構」

応じようとしない大曽根に彦次郎は顔をしかめた。

すると、

「さあ、打ち込んできなされ」

大曽根は余裕すら見せた。

門人の間から、

「先生を愚弄《ぐろう》するか」

怒りの声を上げる者が出た。

大曽根は一向に気にかけることなく彦次郎を促す。

彦次郎は正眼に構え直すと一気に間合いを詰め、大曽根の籠手を狙った。一本と誰もが声を発したいところだったが、大曽根はひょいと身をかわした。

決して敏捷な動きではない。それにもかかわらず、彦次郎の竹刀は大曽根をとらえることができない。まるで暖簾《のれん》を腕押しするかのようであった。

何度彦次郎が攻撃を繰り出しても当たりそうで当たらない。すんでのところでかわし続ける。

苦笑を漏らしていた門人たちが静まり返った。源之助も次第に肩に力が入ってきた。

手合せをしている彦次郎も同様で表情が厳しくなっている。

彦次郎は三歩下がり、大曽根と間合いを取った。

大上段に構えてじっと大曽根を見る。

大曽根は下段に竹刀を構えたまま身体を左右に揺らし続けている。

顔付きは穏やかで、孫をあやす好々爺《こうこうや》といった風だ。

彦次郎は決着をつけるべく、

「ええい！」

凄まじい気合いを発し、一気に間合いを詰め、大上段から竹刀を振り下ろした。

大曽根は少しも慌てず待ち構えている。

今度こそ、彦次郎の竹刀が大曽根を捉えると思いきや、竹刀は空を切った。

が、彦次郎も名うての剣客、攻撃を外されながらも身体の均衡を崩すことなく下段に構え直した。

すると、

「宗方彦次郎、合格！」

かすれ声で大曽根は言い放った。

続いて当惑して攻撃の手を止めた彦次郎に、

「参った」

と、竹刀を捨て大曽根は両手をついた。

呆気《あつけ》に取られる彦次郎と門人、そして源之助を他所《よそ》に大曽根はよろよろと覚束ない足取りで出て行った。

二

「妙な男であったな」

彦次郎は竹刀を眺めながら呟く。

「いかにも」

源之助もうなずく。

「参ったをしたが、大曽根一龍斎、少しも参ってはいなかった。おれの方が翻弄《ほんろう》されてしまったようだ」

「おまえの技を巧みにかわしておったな。一見してふらふらとした緩慢な動きであったようだが、その実、際《きわ》のところで巧みにかわす。おまえの太刀筋を見切った上での動きであった。あの老人、一体何者であろうな」

源之助の言葉に彦次郎もうなずく。

「まったく、世の中、広いものだ。あんな剣客がおるとはな。京の都で宝生一念流などという聞いたこともない流派にあの老体、剣を使えるはずはないと侮《あなど》っておった自分が想い上がっておった。己の剣にうぬぼれた。お主に勝った直後であったことでおれも増長しておったのかもしれぬ」

彦次郎も大曽根を忘れ難いようだ。

それから三日が過ぎた二十三日の朝のことだった。

源之助の息子で北町奉行所定町廻《じょうまちまわ》り同心蔵間源太郎《げんたろう》は岡っ引きの京次《きょうじ》と共に亡骸《なきがら》を検《あらた》めている。

源太郎はいかつい面構えの父とは似ない色白の優男《やさおとこ》ながら、父親譲りの悪を許さない強い信念を持ち八丁堀《はっちょうぼり》同心の役目に情熱を燃やしている。一方で、己《おの》が考えに固執する一面もあり経験不足は否めない。

手札を与えている京次は、「歌舞伎《かぶき》の京次」の二つ名が示すような男前である。元は中村座《なかむらざ》で役者修業をしていたが、性質《たち》の悪い客と喧嘩沙汰を起こし、役者をやめた。源之助が取り調べに当たった。口達者で人当たりがよく、肝《きも》も据わっている京次を気に入り岡っ引き修業をさせ、今では、「歌舞伎の親分」と慕われ、一角《ひとかど》の十手《じって》持ちとなっている。

上野《うえの》、不忍池《しのばずのいけ》の畔《ほとり》に横たわった亡骸は四体、いずれも武士であった。しかも、四人とも額《ひたい》に鉢金《はちがね》を施し、着物は大刀の下げ緒で襷《たすき》を施してある。池の水面は氷こそ張っていないが、身を切られるような冷たさであろう。風に落ち葉が舞い、薄曇りの空から降り注ぐ陽光は弱々しい。

冬ざれの光景が四人の死の悲惨さを際立たせている。日頃なら、冬の朝といっても人通りが絶えない不忍池だが、今朝は町《ちょう》役人が人を遠ざけていた。

血は池にも流れ落ち、鉄が錆びたような異臭にむせ返りそうだ。

源太郎と京次は手拭で鼻を覆い、亡骸を検め始めた。

「果し合いのようですね」

京次が言った。手拭越しゆえ声がくぐもっている。

源太郎もうなずいたものの、

「斬り合った末の結果のようだが、どうもおかしいな」

四人はいずれも一太刀で斬殺されていた。二人は下段から鳩尾《みぞおち》をすり上げられ、一人は咽喉《のど》を刺し貫かれ、一人は脳天を切り下げられた上に鉢金までもが両断されていた。四人は揃って、それ以外の傷がないのだ。斬り合いになった場合、双方が傷を負うものだ。四人もの侍が真剣で敵と戦ったのである。敵味方入り乱れての争いになったはずで、相手に怪我を負わせたであろうし、四人とて致命傷以外にも傷を負ったはずである。

そのことは京次も気付いたようで、

「相手は相当な人数だったのでしょうか」

京次は周辺を見回した。

夏の間に並んでいた床見世《とこみせ》は今はなく、数十人の侍が斬り回ってもおかしくはない広さである。

「いや、それはないだろ。相手は一人だ」

源太郎は刀傷を見て断じた。

京次も屈《かが》み込んでじっくりと調べる。

「なるほど、同じ刀傷ですね。すると、相手は相当な腕ということになりますよ。この四人がどれほどの腕なのかはわかりませんけど、お侍四人をたった一人で斬って捨てたんですからね」

京次の表情は強張《こわば》っている。

凄まじい腕を持つ下手人《げしゅにん》に源太郎も背筋がぞっとする。

「想像してみると、相手のお侍は古《いにしえ》の宮本武蔵《みやもとむさし》や柳生十兵衛《やぎゅうじゅうべえ》並みの腕ってことになりますよね」

落ち着かせるためか京次は冗談を交えて言った。源太郎も冷静になれと己に言い聞かせる。

「宮本武蔵や柳生十兵衛がどれほどの腕であったのかわからぬが、下手人は相当な剣客であることは間違いない。下手人を探すにあたって、まずは、四人の素性を確かめねばならん。いずれかの大名家の家中《かちゅう》の方かもしれぬな。となると、藩邸から奉行所に問い合わせがあるかもしれん」

「ひょっとして大名家の争いに首を突っ込むことになるかもしれませんぜ」

「そうなったらなった時だ」

源太郎は四人の亡骸を近所の池之端《いけのはた》の自身番まで運ぶことにした。

自身番に四人の亡骸が筵《むしろ》を被せて並べられた。改めて源太郎と京次は四人の冥福を祈った。

夕方には四人の素性がわかった。奥羽喜多方《おううきたかた》藩の藩士今村恵三《いまむらけいぞう》、下野鹿沼《しもつけかぬま》藩の藩士山川喜十郎《やまかわきじゅうろう》、相模三浦《さがみみうら》藩の藩士下田桔平《しもだきっぺえ》、上総《かずさ》銚子《ちょうし》藩藩士出川主水《でかわもんど》で、所属する大名家はばらばらであったが、いずれも無外流《むがりゅう》大野献堂《おおのけんどう》道場の門人であった。

大野献堂道場は門人数五百人を数える大道場で、多くの藩ばかりか旗本、御家人も通う評判の道場である。四人が大野道場にあってどれほどの腕なのかはわからないし、敵と斬り合ったのが道場に起因するとは限らないが、まずは大野道場を訪ねよう。

明くる二十四日の昼下がり、源太郎と京次は駿河台《するがだい》にある大野献堂道場へとやって来た。昨日とは違って今日は好天、駿河台から富士の雄姿を見ることができる。冬晴れの空に白雪を頂いた富士にしばし見惚れてしまった。

しばし富士の優美さを味わってから大野道場の前に立った。往来に面した道場は高台にあって、千坪はあろうかという敷地を黒板塀が巡り、往来にも門人たちの気合いが聞こえてくる。

門で用向きを伝え、中に入る。庭先でも数人の門人たちが木刀を持っている。みな、殺気立っているのは四人の門人が殺されたからであろう。

道場ではなく、母屋の客間で大野献堂は会ってくれた。

黒の胴着に身を包んだ大野は初老、眼光鋭くがっしりとした身体、門人五百人を擁する大道場の道場主の威厳を漂わせていた。冬の朝だというのに火鉢も置かず、背筋をぴんと伸ばして端座している。ただ、怪我をしたようで右の手首にさらしが巻かれている。黒の胴着であるだけに真っ白なさらしが際立って見えた。

茶を持って来たのは若き門人のようで、きびきびとした所作で挨拶をし、源太郎の前に茶を置くと立ち去ろうとした。それを大野が引き止め、

「あちらの方にもお淹《い》れせよ」

威厳のある声で命じた。

「いえ、あっしは結構でございます」

廊下で控える京次であったが、

「遠慮はいらぬ。貴公らはわが門人を殺《あや》めた者を探し出してくれるのであろう。ならば、遠慮は無用」

大野に言われ、門人は迅速に京次のためにも茶を持ってきた。源太郎と京次が温かい茶を味わったことを見定めてから大野は用件を訊いてきた。

「四人の門人方を斬った者にお心当たりはござりませぬか」

源太郎が問いかけると、

「ないのだ」

困惑したように大野は答えた。それから言葉足らずと思ったのか、

「四名の者、みな、相当に腕が立った。いつしか、当道場の四天王と呼ぶ者もいたほどだ」

「それほどの腕の方々が揃って一刀の下《もと》に斬られておるのです。相手はよほどの手練《てだ》れと思われます」

「そういうことになる」

「道場内ではどうなのでしょう」

「当道場において、四人を上回る腕を持った者はおらぬ。いや、今となってはいなかったということだ。そのことは、わしが断言できる。僅かに拮抗する手合せを見せる者もおったが、それでも、次の手合せとなると四人を上回る技量を示す者はなかった。四人は稽古の量においても尋常ではない努力を示していたものだ」

四人の高弟の死を惜しむように大野は唇を嚙み、目を閉じた。大野が目を開くのを待ち、

「現実には四人の方は、物の見事に斬られております。先生ならば、それほどの剣客、お心当たりはございませんか」

「ないな」

やはり、思い当たる節はないようだ。

「では、四人の方はお人柄はいかがでしたか。つまり、恨みを買うようなことはなかったのでしょうか」

「思いもかけぬことで人の恨みを買うものゆえ、断ずることはできぬが、四名の者、いかにも武士としての矜持《きょうじ》を持った人品卑《じんぴんいや》しからざる者たちであった」

「こんなことを申しますと、不愉快に思われるかもしれませんが、四人の方々はたった一人の敵を相手に、真剣で立ち向かっております。これは、武士として卑怯ではございませぬか」

源太郎の言葉を不快に思ったのか大野は口をつぐんだものの、

「四名が何故、一人に対したのかはわからぬ。四名が一緒になって当たったということはそれなりの事情があったのであろう。武士道にもとる行いをしてまでして斬らねばならなかった深い事情があったとしか申せぬ」

いかにも苦し気で、まるで言い訳をしているようだ。

ここで京次が、

「先生なら相手を斬ることができますよね」

一瞬にして大野の顔が蒼白となり、

「無礼者！」

大きな声を張り上げた。

京次が慌てて、

「すみません、御無礼申しました」

と、両手をついて詫びた。

大野は肩で息をしていたが、やがて落ち着きを取り戻し、

「すまぬ。門人を斬られ、わしとしたことが気を高ぶらせてしまった。許せ」

「はあ」

京次は戸惑ったように源太郎を見る。源太郎は、

「四名の方は状況からしまして、たとえば、行きずりの喧嘩の末で刀を抜いたということではございません。相手を斬るつもりで支度をしていたのです」

「それは聞いた」

「四人の方の共通の敵ということを考えますと、道場に原因があるという気がします。四名の方々はいずれも異なる藩の藩士でいらっしゃいます。共通点といえば大野先生の門人であることだからです」

「何度も申すが、わしには心当たりがない」

大野は繰り返した。

それから、

「もし、下手人がわかったら……」

と、言ってから言葉を止めた源太郎には大野の言いたいことがわかった。

「下手人を報せよとおっしゃりたいのですね」

「いかにも。いや、それは町奉行所にはできぬことと承知しておる。だが、わしは、四名を斬った者をこの手で斬ってやりたい。それが、四名の者たちへの手向《たむ》けとなろうからのう」

無念そうに大野は唇を嚙んだ。

「お気持ちはわかります」

源太郎は大野の気持ちを斟酌《しんしゃく》した。

「いや、できぬことはよくわかる。ただ、これだけは申せる。相手の者を捕縛するに際しては相当な捕方《とりかた》が必要となろう。しかも、相当な犠牲が出るかもしれぬ。そこでじゃ、もし、捕物ということになれば、わしとわが門人たちを捕方に加えてはいただけまいか」

「お気持ちはわかりますが、それはできませぬ」

きっぱりと源太郎は断った。

尚も頼もうと身を乗り出した大野であったが、

「そうであろうな」

それ以上は大野も求めてはこなかった。ただ、険しい顔付きとなり、下手人への憎しみの深さを感じさせた。加えて右手首の怪我が痛むのか左手でそっとさすり始めた。

「そのお怪我、いかがされたのですか」

源太郎が問いかけると大野は左手を離し、

「稽古中、うっかり柱にぶつけてしまった。稽古の最中、あってはならぬ迂闊《うかつ》さじゃ」

大野は失笑を漏らした。

それから、

「蔵間殿、必ずや下手人を挙《あ》げてくだされ」

「もちろんです」

源太郎は力強く請け負った。

それから、腰を上げ、京次と共に居間を出た。門人たちが口々に四名の仇《かたき》を討つと息巻いている声が聞こえてくる。

大野道場の四天王をたった一人で倒すとはよほどの剣客、遠からず素性はわかるだろう。

それにしても、大野の右手首に巻かれた真っ白なさらしが脳裏に深く刻まれた。

三

同じ二十四日の朝、南町《みなみまち》奉行所定町廻り同心矢作《やはぎ》兵庫助《ひょうごのすけ》も殺しの探索に当たっていた。

南町奉行所一の暴れん坊と評判通りの牛のように無骨な容貌で、あり余る気力を持て余すように肩を怒らせながら江戸市中を闊歩《かっぽ》している。

大川《おおかわ》に架かる両国橋《りょうごくばし》を渡った両国東小路《ひがしこうじ》の裏手にある小さな稲荷《いなり》で一人の剣客が斬られていたのだ。剣客の身元はすぐにわかった。この近所で町道場を営む馬庭念《まにわねん》流《りゅう》の使い手、君塚勘太夫《きみづかかんだゆう》である。君塚が馬庭念流の使い手であることから、馬庭念流発祥の地である上州《じょうしゅう》の各大名家に出稽古に招かれているそうだ。

その剣客が、

「ばっさりと一太刀か」

矢作がため息を漏らすような鮮やかな手並みで斬殺されていた。胴を両断され、無残にも腸が飛び出していた。詳しく調べるまでもなく、強烈な斬撃を加えられたことがわかる。

「相手は、相当の腕前だ」

矢作は一人呟《つぶや》いた。

君塚は額に鉢金、着物は襷掛けを施しており、覚悟の真剣勝負を行ったということが予想される。

馬庭念流の使い手を一撃で倒すとはどんな敵なのだろうか。

やがて、町役人からの報せを受けた門人たちが五人やって来た。みな、衝撃の余り、言葉を発することもできず呆然と立ち尽くしている。

それでも、我に返った門人たちから師の冥福を祈る声が発せられた。

門人たちの合掌を終えるのを待ち、矢作は素性を名乗ってから君塚を斬った相手について心当たりがないか尋ねた。

みな、一様に押し黙ったまま言葉を発しようとしない。何か心当たりがあるのだろうということが察せられる。

と、一人が、

「やはり……」

と口走り、慌てて口を手で塞いだ。

心当たりがあるに違いない。

矢作は一つの考えを抱いた。

「貴殿ら、下手人の見当がついておられるのではないか。それにもかかわらず、拙者に何も語られないということは、貴殿らは下手人を自分たちの手で仕留めようとお考えか」

すると年長の門人が、

「そんなことはない。まこと、心当たりがないのだ」

他の門人たちも一様にうなずく。ただ、一番若い男が視線を彷徨《さまよ》わせた。矢作はそれを見逃すことなくこの男に当たりをつけようと思った。どんな事情かはわからないが、おそらくは、師の仇《かたき》を自分たちの手で取りたいという願いなのだろうが、それはさせられない。ともかく、門人たちは矢作になんの手がかりも与えないどころか、口を堅く閉ざしているのだ。

門人たちは亡骸を道場に運び、通夜の準備を整える。

若い門人は門人たちを回り、君塚の死と通夜を報せることになった。

男が出て来たところで、

「すいません、お話をお聞かせくだされ」

矢作が声をかけた。

男は矢作を避けるように、

「先を急ぎますので」

足早に通り過ぎようとするのを横に並んで歩き、

「冷えますすな。茶でも飲みましょう」

強引に誘いをかける。

男は当惑したように口を閉ざした。矢作は目に付いた茶店に入ると、

「お汁粉を二つ」

男にも聞こえるような大声で言った。

男は、

「困ります」

と、慌てて茶店に入って来た。矢作はそれを無視して女中から茶を受け取ると、小上がりの座敷に急須と湯呑を置き、男を招いた。男も矢作の迅速さに気圧《けお》されるようにずるずると誘いに乗った。

「改めて、南町の矢作でござる」

丁寧に挨拶をしたところで、

「御家人左右田健三郎《そうだけんざぶろう》と申します」

左右田は見たところ、二十そこそこの若者である。両目が大きく澄んでいて、いかにも一途《いちず》そうな若者だ。それゆえ、嘘がつけない性質《たち》なのではないかと矢作は見当をつけたのだが、正解のようだ。

住まいは本所《ほんじょ》の業平橋《なりひらばし》に近く、先祖が上州出身ということから馬庭念流の君塚勘太夫道場に通いだしたのだとか。

「君塚先生に入門されてどれくらいでござるか」

「今年の正月からです」

左右田が答えたところで汁粉が運ばれて来た。蓋《ふた》を取ると湯気が立った。矢作は満面を笑みにした。

「拙者、大酒飲みなのですが、甘い物にも目がござらん。要するに口に入る物でしたらなんでも構わんという男ですな」

軽口をたたきながら矢作は左右田にも汁粉を勧めた。左右田は遠慮がちに汁粉を受け取ると一口啜った。強張っていた表情が柔らかになった。

「これからの時節、汁粉は一段と美味《うも》うござるよ」

矢作の言葉に左右田もうなずく。

汁粉は甘いがくどくはなく、餅《もち》はこんがりと焼かれてあって歯応えがあり、気まぐれで飛び込んだ店にしては拾い物の美味さで矢作は得した気分になった。

二人は無言で汁粉を啜り、餅を食べ終えた。茶を飲みながら、

「君塚先生を斬った者、よほどの手練れであろうと思われます」

と、君塚斬殺に話題を振った。

左右田は口を閉ざしている。兄弟子《でし》たちから町奉行所に一切《いっさい》の情報を与えてはならないと釘を刺されているのかもしれない。

「門人方、ひょっとして君塚先生の仇を取ろうと思っておられるのではござらぬか」

矢作が突っ込むと、

「それはないと思います」

意外にも左右田は即答した。

その言葉といい表情といい嘘をついているわけではないと八丁堀同心としての勘が告げる。

「では、どうして口を閉ざされているのですか」

「心当たりがないからだと思います」

左右田の視線が微妙に矢作からそれた。

「そうではござらんと、拙者は考える。門人のお一人が漏らされた言葉、確か、やはり……という言葉をどう思われる」

矢作は畳み込む。

「さて、それだけではなんとも申せません」

左右田は実に答え辛そうである。言葉の意味を察しているだろう。

「拙者の勝手な考えを申しましょう。やはり、あの男の仕業《しわざ》か、やはり、先生は斬られた、やはり、先生は真剣勝負に及んだ……。いずれも、勝手な想像に過ぎませんが、君塚先生が斬られたことに対して発せられた言葉であることは間違いない。やはりとは門人方にとりましては、先生の死が、斬られたということが想像できたことであったと物語っておりますいかがでしょうかな」

左右田は押し黙っていたが、

「兄弟子たちは先生の名誉を守っているのだと思います。先生の名誉と同時に道場の看板です」

と、絞り出すように答えた。

君塚道場の看板はなかった。近々のうちに新しい看板に掛け替える予定ということだったが、そうではあるまい。

「道場破りでござるか」

矢作の問いかけに左右田は力なく首を縦に振った。

「押しかけた道場破りに君塚先生は負けた。そこで、道場破りと真剣で立ち会ったということですか」

「はい」

左右田はこくりとうなずく。

道場破り、相当な剣客であるに違いない。

「その道場破りについてお話しくださらぬか」

矢作は問いかけた。

左右田は迷っている風だ。それでも、何かに吹っ切れたような弱々しい笑みを浮かべた。

「わかりました。実は、わたしは道場をやめようと思ったのです」

いきなり、思いもかけない言葉を左右田は言った。

「それもこれも道場破りの剣客のせいです。道場破りの名は大曽根一龍斎と申しました」

「大曽根一龍斎、それはまた隠居のような名の男ですな」

「隠居どころではありません。大曽根一龍斎は齢《よわい》八十を超える老体でございました」

左右田の目に怯《おび》えの色が浮かんだ。

「八十過ぎの老人が道場破りを行い、その上、名だたる剣豪君塚勘太夫先生を一撃の下《もと》に倒されたということですか」

驚きどころではない。到底《とうてい》信じられない。

「誰もが耳を疑うでしょうが、大曽根が君塚先生を打ち負かしたことはまぎれもない事実でござる。それは、恐ろしい男でございました」

左右田は全身を震わせた。

落ち着こうとしてか茶を飲もうとしたのだが、湯のみを持つ手が震え、袖口から覗く腕に鳥肌が立っていた。

左右田は大曽根が道場破りにやって来た時の模様を語った。

四

左右田は道場破りに来た大曽根の応対をした。大曽根はどうしても君塚と手合せを望んだ。

君塚は相手にしなかった。

「それでも大曽根は帰ろうとしません。それどころか、相手にしてくれなかったら、君塚勘太夫は逃げたのだと吹聴《ふいちょう》して歩くと言いだしたのです」

これには門人たちがいきり立った。

「それを先生が宥《なだ》め、自分が相手になるが、怪我をしても知らぬとおっしゃいました。大曽根は怪我はしないから大丈夫だと答え、先生との立ち合いが始まったのです」

道場の真ん中で立ち会った時、大曽根は足元が覚束ない、まさしく立っているのがやっとの状態で門人たちは露骨に嘲《あざけ》りの笑いを浴びせたそうだ。おまけに宝生一念流という聞いたこともない流派とあって、剣術の立ち合いというよりは見世物小屋の舞台に立つ老いた役者を見る目であったようだった。

「手合せが始まりますと、大曽根はふわふわとこんにゃくのような動きでしかもその動作たるや実に緩慢《かんまん》、先生は失笑を漏らし、こんな男を相手に手合せをすることを恥じているようでした。実際、大曽根は防戦一方で、先生の攻撃を凌《しの》ぐのがやっとといった風でした」

門人たちの間から野次が飛んだ。いや、野次というよりは大曽根に対する罵倒であった。君塚自身も薄笑いを浮かべ、

「この辺でよかろう。武士の情け、打ち据えずにいてやろう」

と、大曽根に声をかけた。

すると大曽根の表情は一変したという。

「武士の情けとは思い上がった物の言いようじゃな、と大曽根は言い放ったのです」

大曽根は君塚の剣を見かけ倒しだと罵倒し、更には門人たちの態度が悪く、

「この門人にしてこの師あり、あるいはこの師にしてこの門人ありじゃな、と蔑《さげす》みの言葉を投げたのでござる」

君塚をはじめ、門人たちは色めき立った。

「最早《もはや》、許せぬという空気になりました。先生は大曽根に強烈な一撃を加えられたのです」

ところが、大曽根はひょいとかわす。

続いて君塚は何度も攻撃を繰り返したものの、そのたびに大曽根は巧みにかわした。

「老体とは思えない敏捷な動きであったのですな」

矢作が問いかけると、

「それが、これまでのように実に緩慢で、兵法者とは思えない頼りない動きでした。それにもかかわらず、先生の剣はかすりもしないのです。それは傍目《はため》には滑稽というか、芝居のようでしたが、段々と先生の表情が険しくなり、ゆとりを持った目元が引き攣《つ》り、それにつれまして門人方も黙って大曽根の動きを目で追い始めました。そして、いつしか道場は水を打ったような静けさに包まれたのです」

その時の情景が思い出されたのだろう。左右田は怯えるように身をすくめた。

「わたしばかりではありません。門人方もおそらくは先生も大曽根一龍斎という謎めいた老剣客への恐怖心で一杯だった」

すると、大曽根は一旦動きを止めて、満面に笑みをたたえ、

「君塚勘太夫、それまでじゃ」

と、一言放つや君塚との間合いを詰めた。相手の懐《ふところ》に飛び込むのは馬庭念流の得意とするところだが、そのお株を奪うように大曽根は緩慢な動作でやすやすとやってのけ、君塚の籠手を打ち据えた。

木刀が床に転がり、

「君塚勘太夫、失格」

大曽根は高らかに言ったのだそうだ。

「失格とは、町道場主として失格だと大曽根は言ったのですか」

矢作が問いかけると、

「おそらくはそういうことだろうと思います」

左右田は答えた。

ともかく、君塚勘太夫は恥辱《ちじょく》にまみれた。このままでは面目丸つぶれである。

「先生は真剣での立ち合いを申し出られました」

大曽根は鼻で笑って、

「その方の鈍《なまく》ら刀ではわしを斬ることはできぬ。命を大事にせよと、大曽根は言い放ちました」

その言葉は決して慰めなどにはならずそれどころか、君塚の名誉を大きく傷つけるものであった。

「悠然と立ち去る大曽根を先生は玄関まで追いかけました。わたしたち門人は立ち会うことを許されませんでした」

無念そうに左右田は唇を嚙んだ。

それから、今にして思えば、君塚は大曽根に真剣勝負を強く申し出て、大曽根の了承を得たものと思われるそうだ。

「実際、その翌日から先生は出稽古には一切行かずにひたすら道場にありまして、稽古にいそしまれたのです」

怖いくらいの形相で君塚は稽古を行った。それは、門人たちが迂闊に声もかけられないほどの気迫に満ちたものだったそうだ。

「門人方は危機感を抱き、揃って先生に忠告の言葉を発しました」

門人たちは君塚にあのような何処の馬の骨とも知れない浪人など相手にせずとも、無視すればよいというものであった。

「しかし、それでは先生は納得しませんでした。恥辱まみれとなった己の剣客としての人生をこのままにはできないとおっしゃいました。それで、先生は」

君塚は、ならばそなたらの誰かが大曽根と真剣勝負を行うかと問いかけたという。

「どなたも名乗りを挙げようとはしませんでした」

君塚は門人たちをなじり、大曽根との真剣勝負に備え、猛稽古を積んだのだった。

「門人方も大曽根一龍斎という剣客に恐れを抱いたのですな」

「まさしく、それは恐ろしい、まるで化け物を見るような目でした」

君塚は門人たちの態度にも失望してしまった。

「わたしは、剣の道を進むことには限界を知りました。世の中には恐ろしい剣の達人がいるのだと。そして、体面ばかり気にし、その癖、何もできない門人方の虚飾に満ちた態度にわたしは失望しました。先生の最期を見るにつけ、その思いを深くした次第でございます」

左右田は言った。

「君塚先生を斬ったのは大曽根一龍斎に間違いござらんな」

矢作が念押しをすると、

「間違いないと存じます」

左右田は言った。

「わかりました、大曽根の行方を探します。ついては、何か手がかりはないですかな」

矢作の問いかけに、

「さて、何分にも突如としてふらりとやって来て、何処《いずこ》へともなく立ち去りましたので……」

申し訳なさそうに左右田は頭を下げた。

「それと、大曽根はなんのために君塚先生の道場に道場破りにやって来たのでしょうな」

「それは、腕試しということではないでしょうか」

「なるほど、道場破りというものは本来、己が剣を知らしめることを目的としております。実際は路銀目当てが多いですが、大曽根は路銀を求めなかった。そして、大曽根一龍斎は齢八十を超える老人、今更、剣名を挙げようなどと思うものでしょうかな」

「確かに妙です」

「そして、金目当てでもないようだ」

矢作は腕を組んだ。

「すると、何が目的でしょうな」

左右田も混迷の度合いを深めてしまった。二人の侍が面を突き合わせて唸っている様は滑稽なものだった。

「ともかく、それだけ目立つ男ゆえ、必ず、捜し出すことができるでしょう」

矢作は言った。

「お願い致します。わたしは、先生の葬儀が終えたら道場を離れるつもりですが、やはり、先生を斬った者のことは許すことができません」

左右田は言った。

矢作の脳裏《のうり》に見たこともない大曽根一龍斎の姿が浮かび上がってくる。極めて緩慢な動きをしたよぼよぼの老剣客でありながら、第一線に立つ、評判の町道場主を一撃の下に斬殺してしまった。あの傷口を見ただけでとんでもない手練れであることを想起させる。

矢作は両国東小路を中心に聞き込みを始めた。君塚道場への往復を目撃した者はいたが、誰も特に注意は引かなかった。そうであろう。大曽根を誰も恐るべき手練れとは思ってもいない。一人の老人としか見ていなかったとしても無理はない。

その晩、源之助は八丁堀の組屋敷の居間にあって妻久恵《ひさえ》の給仕で夕餉を食していた。冬隣《ふゆどなり》の夜、鍋物がありがたい。今日は、味噌仕立ての豆腐と葱《ねぎ》の鍋であった。

「美津《みつ》、達者であるか」

源之助は美津への気遣いを示した。

源太郎の妻美津は今、妊娠八カ月の身重《みおも》である。

「孫の顔が待ち遠しいですか」

久恵に問われ、

「それは、楽しみと申せば楽しみであるが、さてまだ実感せぬな」

「お爺《じい》ちゃんと呼ばれるのがお嫌なのではございませんか」

久恵がくすりと笑ったところで、

「御免、親父《おやじ》殿」

玄関で矢作兵庫助の声が聞こえた。

頬が綻《ほころ》び、

「上がれ」

源之助が応じると久恵はお酒の支度をしますと台所へと向かった。

矢作はのっしのしと入って来た。

「お、丁度《ちょうど》いいな。山クジラ、買ってきたぞ」

矢作は両手で持った竹の皮に包まれた山くじらこと猪《いのしし》の肉を見せた。味噌仕立ての豆腐と葱の鍋に猪の肉を入れれば猪鍋《ししなべ》となる。滋養がつくし、身体が温まる。これから冬となればまたとないご馳走だ。

「源太郎にも届けてやったよ」

矢作は言った。

源太郎の妻美津は矢作の妹、そして現在身籠《みごも》っている。猪鍋は美津とお腹の子にとってもありがたい。

「すまんな」

源之助は礼を言ってから早速、猪肉を鍋へと入れた。程なくして久恵が酒をつけてきた。

「まあ、猪鍋ですの」

礼を言ったものの久恵は遠慮した。猪の肉は苦手なのだ。

「親父殿、どんどん、やってくれ」

矢作は自分が支度をすると張り切った。

程なくして、猪鍋の香ばしい香が漂い、身も心も和んだ。

源之助は猪の肉にかぶりついた。

「美味《うま》い」

思わず笑みがこぼれる。

肉は柔らかく甘味が味噌と溶け込み、葱にも味が沁みとおっている。肉の美味さと葱のしゃきしゃきとした食感が堪えられない。

「どんどん、食べてくれよ」

矢作は鍋には手をつけず、専《もっぱ》ら酒を飲む。

「すまんな」

遠慮なく源之助は猪の肉を堪能した。

五

「ところで、このところ興味深い事件はないか」

源之助が問いかけると、

「親父殿、事件に関わりたくてうずうずしているんだろう。影御用、このところないのか」

矢作にからかわれるようにして問いかけられ、

「正直、退屈だ」

源之助は自嘲気味な笑いを浮かべた。

矢作は、

「面白い剣客とその剣客が起こしたであろう事件に遭遇したぞ」

と、大曽根一龍斎による君塚勘太夫斬殺事件を語った。

矢作が語るうちに源之助の胸が騒いだ。

「大曽根一龍斎、よぼよぼの老人なのだな」

源之助の口調に不穏なものを感じたのか矢作は源之助に向き直り、

「なんだ、親父殿、大曽根一龍斎を存じておるのか」

「ああ、友の宗方彦次郎が営む道場に道場破りにやって来た」

大曽根と彦次郎の手合せの様子を源之助は語った。

話を聞き終えた矢作が、

「大曽根は宗方殿に負けたのだな」

「彦次郎が勝つには勝ったのだが、それは勝ったというよりも大曽根が勝負を止めたと言った方がよい」

大曽根は彦次郎の攻撃をいなし続け、まるで彦次郎の腕を見極めたかのように、

「宗方彦次郎、合格、と申して参ったをしたのだ」

源之助が言うと、

「大曽根、まるで宗方殿の腕を見極めたかのようだな。それで、君塚の場合は不合格

と放った。不合格の烙印《らくいん》を捺《お》すや、大曽根は一転して君塚を打ち据えた。ということはまさしく大曽根の道場破りは道場主の腕を見極めることにあったのかもしれない」

矢作は言った。

「君塚を斬ったのが大曽根に間違いないとすれば、大曽根の腕は相当なもの。益々、大曽根という男の素性と目的が気になるところだな。大曽根、何故、町道場主の腕を見極めておるのか」

「親父殿、これはひょっとして、大いなる企《くわだ》てが行われようとしておるのかもしれぬぞ」

「大きな企てとはなんだ」

「わからん。わからんがな、町道場主の腕を量るということは真に優れた町道場主を選抜し、何かを企てているのだ」

矢作は思案をするかのように腕を組んだ。

そこへ、

「失礼致します」

源太郎の声が聞こえた。源之助の代わりに矢作が、

「上がれ」

と、大きな声をかけた。

程なくして源太郎がどっかと座り、矢作に猪肉の差し入れの礼を述べ立てた。

「源太郎、面白い事件はないか」

源之助に代わって矢作が問いかけた。源太郎は、

「恐るべき使い手の仕業と思われる殺しが起きました」

と、無外流大野献堂道場にあって四天王と称された四人の門人が見事な一撃で斬殺されていたことを語った。

源之助と矢作はお互いの顔を見合わせた。源太郎が、

「いかがされましたか」

矢作が、

「ひょっとして、大野道場に道場破りにやって来た者がいなかったか」

「いいえ」

源太郎は否定したがいぶかしげな顔のまま、

「道場破りがいかがしたのですか」

「実はな、おれも殺しの探索に当たっておるのだが」

矢作が、君塚道場に道場破りに現れた老剣客大曽根一龍斎について語った。続いて

源之助も大曽根による宗方道場の道場破りの一件について語った。

「なるほど、大曽根一龍斎という男が恐るべき剣客であることはわかりますが、大野道場には現れてはいない……。いや、待てよ」

源太郎はここで思案をした。

「どうした」

矢作に問いかけられ、

「いや、大野献堂、右手首にさらしを巻いていたのです。本人はうっかり柱にぶつけてしまったと申しておりましたが、ひょっとして大曽根との手合せで負った手傷なのかもしれません。すると四人は道場の面目にかけて大曽根を倒そうした。ところが、大曽根によって返り討ちに遭ったということではないでしょうか。想像に過ぎませんが」

「源太郎の見立てにおれも賛成だ」

矢作が賛意を表した。

「ならば、その裏を取ることを怠ってはならぬぞ」

源之助に言われ、

「早速、明日にも大野道場で裏を取ります。と、申しましても大野献堂は己の不名誉なことを告白するかどうかはわかりませんが」

　源太郎が言うと、

「大野とて四人もの門人をむざむざと斬られたとあっては、それこそ面目がたつまい。このままおめおめと引っ込んでおるとも思えぬ」

　矢作は言った。

「すると、大曽根に挑むとお考えか」

「傷が癒えるのを待ち、大曽根に真剣勝負を挑むのではないか。どう思う、親父殿」

　矢作に問いかけられ、

「五百人もの門人を抱える大道場主の立場を思えば、矢作の申す通りであるが、まず、大曽根がまこと大野道場に道場破りにやって来たのかを確かめることが先決だ。道場破りが行われたとしたら、四人ばかりか大勢の門人たちがいきりたっていてもおかしくはない。それが、そんな声を聞かないということは、何かがあるのだ」

　源之助は言った。

「さすがは、親父殿だ。冷静だな」

　矢作に言われ、

「あたり前のことを申したまでだ。大野道場の四人が大曽根の仕業なのかどうかはともかく、大曽根を野放しにすることはない。大曽根の行方を探し出せ。大曽根は江戸中で評判の町道場に道場破りに出向いているかもしれぬ」

「よし、おれは明日から評判の町道場を当たる」

「では、わたしは大野献堂に大曽根のことを尋ねます」

源太郎は言った。

「親父殿、大曽根を見たのだろう。どんな男だった」

矢作が問いかけると、

「左右田という男の申した通りであった」

「そうか。おれはあくまで左右田からの証言でしか知らぬものだから、ひょっとして大曽根一龍斎という男が、実はもっと若い男の扮装かもしれぬと想像したのだ。よぼよぼの老人に扮して相手を油断させているとな」

「それはないな。あれは間違いなく老人であった」

「動きはえらく緩慢であったとか」

「その通りだ。しかし、かめのようなのろい動き、難なく一撃を加えることができそうにもかかわらず、宗方彦次郎はとらえることはできなかった。宗方は申すまでもなく、優れた剣客だ。よって、決してなまくらではない。その宗方の剣をかわし続けた。

しかも、すこしも息が上がっておらなんだ。よほどの鍛錬を思わせるものだ」

源之助の言葉を、矢作も源太郎も重く受け止めた。

「やはり、恐るべき剣客ということか」

矢作は小さくため息を吐いた。

「とは申しても大曽根一龍斎とて人だ。妖怪ではない。人である以上、必ず弱点がある。無闇に恐れることはない。真に恐れねばならないのは大曽根を操る者だ」

「大曽根には黒幕がついていると親父殿は考えるか」

「老剣客が町道場を道場破りして有名になったところで、今更、いずれかの大名家に仕官を望むものとは思えぬ。とすれば、何者かに雇われているのだ。雇い主、よほどの人物に違いない」

源之助の考えに賛同するように首を縦に振ってから、

「大曽根、捕縛するとすれば相当な人数を必要とするな」

矢作が言うと、

「それにつきまして、大野献堂は是非とも捕物に加勢したいと申しております。もっとも、大野は四人を斬った者を大曽根だとは申しておりませんが」

源太郎が言った。

「そりゃ、悔しいだろうさ。おれだったら、捕縛どころか斬ってやる。おおっと、大野献堂、ひょっとして門人たちを募って四人の復讐を企てているかもしれんぞ」

矢作は一転して危ぶんだ。

「そうだとすれば、大野の動きを探れば大曽根の行方が摑めるかもしれません。もっとも、大野が大曽根の行方を知っておればということですが」

源太郎は慎重な言い回しをした。

「どうやら、大野献堂が大曽根事件の鍵となったかもしれぬな」

源之助が言った。

「源太郎、しっかりやれよ。生まれてくる子供のためにもな」

矢作に励まされ、

「わかっています」

源太郎は固い決意を示した。

「よし、飲むか」

矢作は言った。

六

明くる日、源之助が居眠り番こと両御組姓名掛に出仕した。

両御組姓名掛の仕事は、南北町奉行所の与力《よりき》、同心の名簿作成である。本人や身内が死亡したり、縁談があったり、子供が生まれたりした時に、その都度、資料を追加していく。いたって、閑《ひま》な部署である。このため、南北町奉行所合わせて源之助ただ一人という閑職だ。

人呼んで居眠り番である。

こんな閑職のため、奉行所の建屋の中ではなく、築地塀《ついじべい》に沿って建ち並ぶ土蔵の一つが詰所となっている。三方の壁に書棚が置かれ南北町奉行所の与力、同心の名簿がイロハ順に収納されていた。真ん中に二畳の畳が横に敷かれ、文机《ふづくえ》と火鉢があるだけの殺風景な空間だ。

ただ今の時節は天窓から覗く銀杏《いちょう》が黄色く彩り、潤いを与えてくれる。日に日に冬が近づき、ついつい火鉢から手が離せなくなっている。

特にやるべき用向きとてなく、ぼうっとしていると、物である。

「許せよ」

戸口に一人の侍が立った。

「これは、白河楽翁《しらかわらくおう》さま」

源之助は背筋を伸ばして平伏をする。

白河楽翁こと松平定信《まつだいらさだのぶ》、かつては老中首座《ろうじゅうしゅざ》、将軍後見役として幕政を担った大物である。

「苦しゅうない。忍びじゃ」

言ったように定信は茶色の宗匠頭巾《そうしょうずきん》を被り、同色の胴服に袖無し羽織を重ねるという、一見して大店《おおだな》の御隠居のような出で立ちである。

源之助は急いで茶を淹《い》れ、定信の前に置く。定信はゆっくりと茶を飲んだ。源之助は期待に胸を疼《うず》かせた。

影御用か。

影御用とは居眠り番に左遷《させん》されてから源之助が町奉行所とは関係なく行っている御用だ。探索であったり、罪人の捕縛であったりする。

依頼主は様々だ。

松平定信のような幕政を担った大物から名もなき庶民、時に町奉行や火付盗賊《ひつけとうぞく》改方頭取《あらためかたとうどり》が極秘裏に依頼してきたこともあった。みな、筆頭同心として辣腕《らつわん》を振るった源之助の盛名を頼って様々な御用を持ち込んでくるのだ。

礼金を貰うことはあるが、決して金目的ではない。出世とも無関係だ。

源之助をして影御用にかき立てるもの……。

それは八丁堀同心としての誇りであった。探索や捕物の一線から退いても履き続ける鉛を薄く伸ばした板を仕込んだ雪駄《せった》と共に、影御用は源之助が八丁堀同心であり続けることの証《あかし》であった。

どんな影御用なのか尋ねるかのように無言で定信を見返す。

しかし定信は、

「格別の用向きではないのだ。ただ、ふらっと立ち寄って茶の一杯も飲みたいと思っただけだ」

「さようでございましたか」

若干の失望を感じつつ源之助は言った。

「なんとなく、時代の移り変わりを感じるものじゃな」

定信は寂しそうだ。

「いかがされましたか」

「備前《びぜん》が隠居しおってから寂しくなった」

備前とは老中越後《えちご》長岡《ながおか》藩主牧野《まきの》備前守《びぜんのかみ》忠精《ただきよ》である。一昨年の神無月、老中を退いた。牧野は定信が推進した寛政《かんせい》の改革の志《こころざし》を受け継ぐ老中で幕閣にあって、「寛政の遺老」と呼ばれていた。そして、牧野は最後の「寛政の遺老」でもある。「寛政の遺老」つまり定信派が幕閣からいなくなり、幕政への定信の影響力の減退を意味するものであった。

牧野が去って二年、定信の影響力はいよいよ低下しているようだ。

「わしは文字通り隠居ということじゃ」

定信は言った。

今でも白河楽翁を名乗った隠居暮らしをしているに違いはないのだが、寛政の遺老を通じて幕政を動かしていたのだ。牧野が去っても寛政の遺老に連なる、老中、若年寄《わかどしより》はいるためご意見番としての定信は幕政に影響を及ぼし続けたが、さすがにそれも叶わなくなったということか。

定信が寂しがるのももっともである。

「わしが、政《まつりごと》に関わりを持たなくなれば、それでもよい。何も権力を持ちたいとは思わぬ。ただ、わしの力が及ばなくなったことで、好き放題に政を行い、贅沢華美なる風潮をはびこらせ、世を乱さねばよいがと危惧をしておる」

「それは、どなたさまですか」

「一橋大納言治済殿《ひとつばしだいなごんはるさだ》じゃ」

一橋治済は将軍徳川家斉《いえなり》の実父、江戸城にも大きな力を持っている。家斉は御三《ごさん》卿《きょう》の一つ、一橋治済の長男であったが、十代将軍家治《いえはる》の嫡男で十一代将軍を継ぐと思われた家基《いえもと》が急死したため、家治の養子となり、将軍となったのである。家斉が家治の養子になるに当たって、実父治済と老中田沼意次《たぬまおきつぐ》の工作があったとされる。

そして、一橋治済、松平定信とは大きな因縁があった。

家斉は実父である治済を大御所にしたいと望んだ。それを定信が大御所とは将軍を隠居した者の尊称であり、いくら将軍の父といえど将軍になっていない者が大御所となるのは道理に合わないと拒絶した。

この定信の反対により、治済は大御所となることができなかったのである。

当然ながら治済は定信に深い恨みを持った。治済は依然健在である。定信の幕政への影響力が薄まれば、治済は幕政への口出しをするかもしれない。その結果、治済は大御所となり、幕政を事実上担うことになるかもしれないのだ。そのことを定信は深く危惧している。

気持ちはわかるが、源之助には雲の上の話である。

「いや、愚痴《ぐち》を申してしまたったな」

定信は苦笑を漏らした。

「わたしには政のことはわかりません。いかなる世の中になりましょうとも、悪がはびこる世の中であってはならないと思うだけです」

「その通りじゃな」

定信は茶を飲み干した。


二十五日、初霜が降りた朝まだき、両国橋近くの河岸に五体の亡骸が横たわっていた。いずれも一刀の下に斬り捨てられている。

大野献堂と大野道場の門人たちであった。

下手人は謎の剣客大曽根一龍斎であろうと源太郎も矢作も確信した。

第二章 将軍の父

一

大曽根一龍斎の行方がわからないまま月が替わった。

霜月《しもつき》の一日、宗方彦次郎は亜紀の病がよくならず、ふさいだ日々を送っている。道場も掘っ立て小屋のままとあって門人も戻ってこない。亜紀は自分の薬代が道場を圧迫すると気遣い、それがまた彦次郎の気持ちを鬱屈《うっくつ》したものにさせていた。

「申し訳ございません」

寝床で詫びる亜紀に、

「何を申すか。そのように気遣いばかりしておっては、治る病も治らぬぞ」

努《つと》めて明るく彦次郎が声をかけると、

「ありがとうございます。ですが、わたしの病よりも道場が大事、道場が傾いては仕方ございませぬ。火事に見舞われ、門人のみなさまは離れてゆかれました」

「道場も大事だが、そなたの身も大事じゃ」

「薬代の工面は大変ではございませぬか」

「それも心配ない」

強く言って、薬を飲むように勧めてから彦次郎は寝間を出た。

金策に行ってこなければならない。

さてどうするか、と思っていると一通の文が届けられた。

差出人を見ると大曽根一龍斎とある。

「あの老人か」

老齢で足元も覚束ない身で宝生一念流などという聞いたこともない流派を操る不思議な男……。手合わせをして以来、大曽根の緩慢ではあるが変幻自在な動きを夢に見る。夢でも彦次郎は大曽根に翻弄されていた。

その大曽根がなんの用だ。

文を開けると日本橋音羽町《にほんばしおとわちょう》の料理屋桔梗屋《ききょうや》にて一献差し上げたいとあった。ついては、本日の五つ半にお待ちするとある。桔梗屋がどんな料理屋なのか知らないが、場所柄高級な店であることが予想できる。先日、道場破りにやって来たよぼよぼの老人が使うには似つかわしくない。それがかえって大曽根一龍斎への好奇心を募らせる。文を持参したのは桔梗屋の奉公人で、奉公人は彦次郎の返事を待っていた。

大曽根と語り合いたい気がしてきた。宝生一念流とはどのような剣法なのだろう。京八流の流れを汲むということだったが、大曽根はいかにして習得したのか。

そして道場破りの目的はなんだったのだろうか。京都から江戸にやって来て、宝生一念流を広めるためだったのか。

「お伺いすると伝えてくれ」

好奇心から了解の返事をした。

約束の刻限となり彦次郎は大曽根が待つ日本橋音羽町の料理屋桔梗屋へとやって来た。大店が軒を連ねる通り一丁目から横丁を半町ほど歩いた辺りにある。予想通り、檜造りの高級感を醸し出す店だった。

玄関で大曽根を尋ねると、中居が先導して離れ座敷に案内をしてくれた。渡り廊下で繋がれた離れ座敷は濡れ縁が巡らされた六角形の御堂のような造りで、周囲は一葉の落ち葉もなく、真っ白な砂が敷いてある。砂の上にはいくつかの奇岩が配され、いい具合に苔《こけ》が生《む》していた。夕陽が白砂を茜《あかね》に染め、玄妙な雰囲気を醸し出し、さながら京都の古刹《こさつ》のようだ。

桔梗屋にあっても最も高級な座敷であろう。

廊下を渡り、濡れ縁に座して、

「失礼つかまつる」

閉じられた障子越しに声をかける。

「入られよ」

低温のかすれ声が返された。

間違いなく大曽根一龍斎だ。

彦次郎が入ると、大曽根が一人座っていた。先日にやって来た時のようなみすぼらしい身形《みなり》ではなく、絹の小袖、袴に身を包み、綾錦《あやにしき》の袖無し羽織を重ねている。青磁《せいじ》の壺や三幅対の掛け軸が飾られた床の間を背に端然と座す姿は威厳を漂わせていた。

戸惑い気味に立っている彦次郎に大曽根は座るよう促す。彦次郎が座ると、

「先だっては失礼した」

まずは、大曽根は道場破りを詫びた。

「いえ……」

うまい言葉が出て来ず彦次郎は視線を凝らした。大曽根が一体なんのために自分を呼んだのかが気にかかり、それが大きな不安となっている。

食膳が並べられているが料理はまだ運ばれていない。ただ、酒と香の物のみは用意されていた。

大曽根は蒔絵銚子《まきえちょうし》を持ち、

「まずは一献」

と、杯を取るように促してきた。

抗《あらが》うように彦次郎は杯を膳に伏せた。

そして、

「ご用向きを承《うけたまわ》りたい」

と、言った。

不快がることなく大曽根は蒔絵銚子を膳に置き、

「貴殿、見事な腕をしておられるな」

「大曽根殿こそ、並々ならぬ腕前、拙者は感服つかまつった」

「なんの、逃げ回っておっただけじゃ」

謙遜しながらも大曽根の目は笑っていない。

「それは違います。拙者の繰り出す技は悉《ことごと》く防がれました」

「貴殿の剣は本物であった」

「拙者の腕を試しておられたのか」

「いかにも。貴殿は本物であると断じた」

「失礼ながら宝生一念流についてお教え願いたい」

「わが宝生一念流はありていに申せば我流《がりゅう》じゃ」

大曽根はにんまりとした。

「大曽根殿が創始されたということだと存じますが、いかにして会得されたのですか」

剣客としての好奇心が抑えきれず彦次郎は口調に熱を帯びた。

「京八流を学び、武者修行の旅に出た。修験者と共に日本中の山で修業を積み、真言密教も学んだ。密教は天竺《てんじく》にて発祥し、弘法大師《こうぼうだいし》が唐土より持ち帰った瑜伽《ゆが》という瞑想法を体得した。自らの欲を捨て去り、山河と一体となり、瞑想にふけることにより、わが剣と身体は無敵となった。すなわち、敵の剣、そして死への恐れが失せたのだ」

静かに語る大曽根は高僧のようだ。

「なるほど、恐怖がなくなれば無敵、いかなる攻撃も見切れるものですな」

感心してうなずく彦次郎に、

「宗方殿、わが仲間に加わってもらいたい」

大曽根が申し出た。

「仲間とは……。大曽根殿と共に道場破りをせよということですか」

彦次郎が問い返すと大曽根は首を横に振った。

「では、何をせよと……」

「貴殿が仲間に加わったら、お教えするが、これだけは申す。我らは世の不正を糾《ただ》すつもりじゃ」

「我らとは大曽根殿の他にどのような方々がおられるのですか」

値の張りそうな着物といい、高級料理屋を使うことといい、大曽根の仲間は相当に裕福だと想像できる。

「世直しの志《こころざし》ある者とだけ答えておこう」

禅問答のようになってきたのは、彦次郎が態度をはっきりさせないからだとは思うが、いかにも怪しげだ。怪しいと思うと、大曽根一龍斎という男自体が疑わしい。このような男が世直しなどできるとは思えない。

真意を探りたい。

「世の不正とはいかなることでござるか」

煙に巻かれると期待していなかったが、意外にも大曽根は語り始めた。

「世の中には金や権力にものを言わせて、好き勝手しておる連中がおる。そうした者どもは罰せられることも罪に問われることもない。罪を問われることのない、地位にあるからじゃ。しかし、そうした連中にも天罰を下されねばならん」

「言わんとしておられることはわかりますが、町奉行所や火付盗賊改があるのではございませんか」

彦次郎は言った。

「いかにも。しかしながら町奉行所にも火盗改《かとうあらため》にも捕縛されることなく、ぬくぬくと生き延び、私腹を肥やす者たちがおる。何故であるかおわかりか」

大曽根は言葉を止めた。

「さて、拙者は世間のことに疎《うと》いので」

彦次郎の答えを大曽根は鼻で笑い、

「知れたことでござるよ。そういう者どもは御公儀の然るべき役職者であったり、役職者と通じておるからじゃ」

「すると、そうした者どもに天罰を下すということは御公儀を敵に回すということでござるか」

彦次郎は危ぶんだ。

「いかにも、我らは世直しのためなら相手が誰であろうと引く気はない」

「それでは、大曽根殿は咎人《とがにん》ということになりますぞ」

「罪を問われはせん」

即座に大曽根は否定した。

「ないとはどういうことですか」

彦次郎が問いを重ねると、

「言葉通りじゃ。我らは御公儀のどなたも恐れることのない組を作る」

自信たっぷりの大曽根に、

「大曽根殿、ひょっとして御公儀のどなたかと通じておられるのですか」

「それは申さずにおこう。貴殿が仲間に加われば、おのずと知ることになろうからのう」

余裕たっぷりに大曽根は言った。

「仲間ですか……」

彦次郎は釈然としないまま口を閉ざした。

「どうじゃ、一緒に世直しをせぬか」

口調を改めた大曽根の誘い掛けに、

「拙者はその気持ちにはなれませんな」

「むろん、報酬は出す。これは、支度金だ」

大曽根は紫の袱紗《ふくさ》包《づつ》みを差し出した。

彦次郎は無言で見返す。

「遠慮なく受け取るがよい」

百両だと大曽根は言った。

「受け取れませぬ」

彦次郎は断った。

「受け取れ。そなたの道場、決して楽ではあるまい」

大曽根に言われるまでもない。

道場の台所が苦しいばかりか妻亜紀は病に臥せている。この百両があれば、どんなに助かることだろうか。

咽喉から手が出るほど欲しい金である。

しかし、この金を受け取ったなら、自分は武士ではなくなるような気がした。大曽根一龍斎が言っている世直しはいかにも怪しげである。

こいつには悪の匂いがする。

大曽根の仲間に加わることは自分も悪の道を進むことになるのだ。

「さあ、受け取れ」

大曽根は迫った。

「お断り申す」

毅然と返した。

怒るかと思いきや大曽根は、

「さすがはわしが見込んだ男じゃ。よくぞ、申した。わしはな、江戸中の評判の町道場を回った。そこで、道場主どもの腕ばかりか人となり、暮らしぶりを見た。大きな道場を営む者に限って、武芸の鍛錬を怠り、金儲けにいそしみ、大勢の門人を侍らせて、見栄《みえ》をはり、得意がっておる。つまり、剣を己が欲望を満たす手段としか考えておらん。世の為に役立てようなどという殉国の気持ちを抱く者などおらぬ。実に情けない者どもばかりであった」

大曽根は皮肉げに顔を歪めた。

彦次郎は黙っている。

「よって、わが組は剣はむろんのこと、武士としての矜持《きょうじ》を失っておらぬ者ばかりを集めておる」

大曽根は誇った。

「拙者を認めてくださったことには一人の武士としまして大変にうれしく存じます。ですが、拙者は武士も法度《はっと》に従うべきと考えます。いかに、悪人でありましょうと、法で裁くのが世の中ではございませぬか」

「その法で裁けぬ悪党は野放しにしてもよいと思うのか」

「よいとは思いませぬ。しかし、法を執行する身にない者がいくら悪党であろうと独断で成敗するのは私刑というものだと存じます」

「貴殿の考えはようわかった。じゃがな、わしは諦めぬぞ」

強い眼差しを向けてくる大曽根に一礼すると、

「失礼致します」

彦次郎は部屋を出た。

二

彦次郎と入れ替わるようにして老齢の武士が入って来た。大曽根よりもきらびやかな着物に身を包み、頭を丸めているがつややかな肌艶をして矍鑠《かくしゃく》としている。

大曽根は席を立ち、下座に回った。

「大納言さま、わざわざのお越し、誠に恐れ入ります」

平伏し、大曽根は挨拶をした。

大納言と呼ばれたこの老人こそ一橋治済、将軍徳川家斉の実父である。

「屋敷におっては堅苦しいものじゃ。折に触れ、市中を視察するのは政《まつりごと》にも役立つものじゃ」

治済は鷹揚に答えた。

「大納言さまのお考え、着々と進めております」

大曽根は言った。

「腕の立つ者が揃ったのじゃな」

「練達の者が揃ったところで、組の名前じゃが、いかにする」

「法の網を逃れた悪党に天罰《てんばつ》を下す、ということですので、ずばり天罰組がよろしいかと存じます」

大曽根の提案を治済は腕を組んで考えてから、

「天罰組、よかろう。よし、天罰組の根城はわが隠居屋敷と致す」

「ありがたき幸せに存じます」

治済の隠居屋敷は本所業平橋《ほんじょなりひらばし》の近くに構えられ、屋敷内に五重の楼閣があるのが特徴だ。五重の楼閣はさながら天をも貫く威容であることから、天雲閣《てんうんかく》と呼ばれ、いつしか屋敷自体を差す二つ名となっている。

「ただ一人、これと目をつけた男が誘いに応じませせぬ」

彦次郎のことを大曽根は言った。

「宗方と申す男、そんなにも腕が立つのか」

「腕も立ちますが、人柄が真っ直ぐな男。これから、大納言さまの下に馳せ参じる旗本の子弟の稽古をつけさせるにはうってつけでござります」

「旗本の子弟どもには天罰組が稽古をつければよかろう」

「お言葉ですが、天罰組に選出せし者ども、いずれも御家人か浪人者、恵まれた旗本の子弟を嫌悪しております。それゆえ、公儀の不正役人を成敗するという役目に勇んでおるのでございます。ですから、旗本の子弟を任せられる者はおりません」

「そういうことか。確かに練達《れんたつ》の者から見れば旗本の子弟ども、温《ぬる》い連中ばかりであろう。かと申して、将来わが手兵としたい者どもじゃ。稽古をつける者は相応の腕と人品を備えておらねばならぬな。よし、宗方のことはおまえに任せる」

治済が了承したところで大曽根は料理を運ばせた。


源之助は宗方道場へとやって来た。夕暮れ時とあって、稽古は終了していた。仮設された道場は手が加えられていない。母屋がある裏手に回ってみる。すると、亜紀の声がする。生垣越しに中を覗くと母屋の勝手口の方から亜紀の声が聞こえた。

聞くともなしに耳に入ってくるやり取りでは米屋の手代らしく、掛《か》けの集金にやって来たようだ。亜紀は病身に鞭打って相手をし、ひたすら待って欲しいと詫びを入れていた。

道場の苦渋を目《ま》の当たりにし、胸が潰れる思いだ。源之助は米屋の手代が去るのを待ち、何事もなかったかのように裏木戸から身を入れた。亜紀が気が付き、挨拶を交わす。

「あいにく主人は出かけております」

亜紀の顔色は悪く、唇も蒼ざめていた。

「では、出直すとします」

帰ろうとしたが、どうしても大曽根一龍斎のことが気にかかった。

「先日この道場で会った大曽根一龍斎という男、その後、何か連絡をしてはきませんか」

「主人は大曽根という方からのお誘いで出かけたのです」

いぶかしみながら亜紀は答えた。

「何処へ行かれましたか」

思わず声を大きくしてしまった。

ひょっとして、彦次郎は大曽根と真剣勝負に出かけたのかもしれない。君塚も大野道場の面々も大曽根に失格の烙印を捺され、その屈辱を晴らそうと大曽根との真剣勝負に及んだのだが、彦次郎は大曽根から合格の太鼓判を捺された。従って大曽根と真剣勝負する理由は思い当たらないのだが、それでも安心はできない。

大曽根の方から彦次郎に誘いをかけてきたということは、大曽根が改めて真剣での立ち合いを望んだのかもしれないのだ。彦次郎の気性からして、挑まれた勝負を断ることはなかろう。

源之助の不安が顔に出たのか亜紀は言葉を続けた。

「日本橋ということだけは言い残していかれたのですが……。蔵間さま、主人に大事な用件がございますのでしょうか」

「いや、大した用向きではござらん。出直すとします。亜紀殿、くれぐれもご自愛くだされ」

源之助は道場を出た。

大曽根一龍斎、何故彦次郎を呼び出したのだろうか。

どうしても気になってしまう。

やはり、斬殺するつもりか。

いや、そんなことはあるまい。

確証はないし、たとえ、真剣勝負に及んだとしても彦次郎が後《おく》れを取るとは思えない。

考えていても答えは出ないと、源之助は日本橋を探そうかと思った。すると、前方から彦次郎が歩いて来る。

「おお」

明るく声をかけると彦次郎も挨拶を返してくれた。

「道場を訪ねてくれたのか」

彦次郎が言うと源之助はそうだと答えた。

「大曽根一龍斎に誘われたそうだな」

源之助が問いかけると、

「いかにも」

答え辛そうにしている彦次郎に、

「大曽根について話を聞かせてくれぬか」

源之助は申し出た。

「八丁堀同心としてだな」

彦次郎に確認され源之助はうなずいた。彦次郎も応じたところで、

「ならば」

源之助は目に付いた縄暖簾に彦次郎を誘った。

彦次郎と入れ込みの座敷で向かい合う。

天井から吊るされた八間行灯《はちけんあんどん》に照らされた店内は半分ほど客で埋まっている。職人

や行商人風の町人ばかりで、侍は源之助と彦次郎だけだ。

酒と肴《さかな》を適当に頼んでから源之助は、大曽根が君塚勘太夫や大野献堂をはじめとする門人たちを何人も斬殺した疑いが濃いことを語った。

「それゆえ、おまえのことも心配したのだ」

源之助が言うと、

「そういうことか。大曽根が誘いをかけてきたのはおれの腕を買ったということだった」

「どんな誘いをかけてきたのだ」

「共に世直しをしようということだった」

「世直しだと……。大曽根一龍斎、随分と大風呂敷を広げたものだな」

呆れたように源之助は言った。

「本人は大真面目だ」

彦次郎は大曽根が語った企てを語った。

不正を働きながら法が及ばない幕府の要職にある者とそれに連なる商人を成敗するのだとか。町奉行所や火盗改が手出しできない悪党を大曽根一派が成敗する。

「天罰を下すと申しておったぞ」

ちろりから猪口《ちょこ》に酒を注ぎ、彦次郎は言った。源之助も手酌で一口飲んだ。ほのかな甘みと温《ぬく》もりが五臓六腑《ごぞうろっぷ》を駆け巡り、気持ちまでもが和《なご》む。他愛もない話しで盛り上がっている町人たちの笑い声までもが耳に心地よい。

「天罰を下すとはずいぶんと大言壮語《たいげんそうご》をするものだな」

「支度金として百両をくれると申した。おれは断ったがな」

彦次郎は何事もなかったかのように言ったが、百両は咽喉から手が出るほどに欲しかったに違いない。

「大曽根一龍斎の狙い、まこと世直しだと思うか」

源之助が問いかけると、

「いかにも虚言のような気がする。しかし、大曽根の独断でできるはずはない。百両もの大金をぽんと出したり、高級料理屋を使ったりできるのは一介の浪人には無理だからな」

彦次郎の言う通りである。

「ならば、黒幕、何者だと思う」

「御公儀の大物ではないか」

「老中とか若年寄か」

問いかけながら松平定信のことを思い出した。定信は自分の息のかかった者が幕閣からいなくなったことを嘆いていた。幕府の勢力図が塗り替わりつつあるのだ。いくら政に無関心で、自身が末端の小役人に過ぎないとはいえ、定信派が幕閣を去れば、源之助にもなんらかの影響が出て来るかもしれない。

「御公儀の大物か……」

呟くように源之助は言ってからひょっとして松平定信のことではないかという気がしてきた。

寛政の遺老と呼ばれる定信派が幕閣からいなくなり、定信の影響力が低下しているこの頃、定信が嫌う贅沢華美な風潮がはびこるかもしれない。それを嫌う定信は密かに世直しの組織を編成しようとしているのではないか。不正役人と商人、つまり、汚職をはびこらせないぞと定信が考えてもおかしくはない。

定信であれば、大曽根を使う財力がある。大曽根は定信の意向に沿って誠の兵法者を集めているのではないか。

想像に過ぎないが、ほろ酔い加減の頭にあり得ないことではないように思えた。口を閉ざして思案を巡らす源之助をいぶかしみ、彦次郎はちろりを向けてきて、

「大曽根の企て、町奉行所同心としては気がかりだろうな」

「当然だな」

「もし、大曽根が君塚や大野を斬ったことがはっきりしたなら、町奉行所としては捕縛するのだろう」

「それが町奉行所の役目だ」

「相当に手強《てごわ》いぞ」

「承知しておる」

「御公儀の大物と繋がっているとしたら、どうする」

彦次郎は危ぶんだ。

「そんなことは関係ない。御公儀のどなたであろうと罪人を捕縛することを反対できるものではない」

言ってからどうしても松平定信のことが脳裏を過《よぎ》ってしまう。

「ところで、亜紀殿、相変わらず顔色がよくないようだが」

話題を変えると、

「気ばかり使って、養生《ようじょう》に徹してくれぬ。薬もろくに飲んではくれぬ。それもこれも、おれの甲斐性のなさがそうさせていると思うと申し訳ない気持ちで一杯になってしまう」

亜紀に話題が及ぶと彦次郎は元気がなくなった。

「おれがぽんと金をやれればよいのだがな」

なんだか源之助までも申し訳ない気持ちになってしまった。

「みくびるな。おまえの世話になんぞ、意地でもならんぞ」

冗談めかして言っているが、それは彦次郎の誇りでもあろう。剣友である源之助に借りを作りたくはないのは本音に違いない。

「わかった」

源之助はちろりを向けた。

しばらく酒を酌み交わしてから、

「大曽根一龍斎、かつての由比正雪《ゆいしょうせつ》の如き企てを考えておるのではなかろうな」

彦次郎はかつての梟雄《きょうゆう》を引き合いに出した。

由比正雪は高名な軍学者であった。慶安《けいあん》四年（一六五一）、正雪の私塾に集まる浪人たちは幕府の政道を批判し、正雪は不満を募らせる浪人たちを糾合《きゅうごう》して幕府転覆を企てたのである。

「大曽根一龍斎が由比正雪だとすると、おれは丸橋忠也《まるばしちゅうや》か」

彦次郎は声を上げて笑った。

丸橋忠也は由比正雪の右腕となった浪人である。

「まさか、由比正雪の如き大それた企てを図っておるとは思えぬがな」

源之助は否定したものの、松平定信の影がちらついてしまう。

彦次郎も、

「目下《もっか》、天下泰平ゆえそんなことを妄想してしまうのかもしれぬな。しかし、大曽根が相当な手練れであることは確かで、併《あわ》せて、優れた腕の剣客を探し求めているのも間違いはなかろう。伊達《だて》や酔狂《すいきょう》でやっているとは思えぬ。おれに百両の支度金を渡そうとしたということは、おれ以外の者にも同様の支度金を用意していると考えてよい。どれほどの人数を揃えたのかはわからぬが、千両は楽に調達しているだろう。すると、益々黒幕の存在が気にかかるところだ」

「大曽根の住まいは確かめたのか」

「いや」

「あれほど目立つ男が、町方の探索の目を逃れている。きっと、何処か町方の目の届かぬ所に隠れておるのだ。御公儀の大物の屋敷であれば、まさしくうってつけといえるのだがな」

言いながら源之助は松平定信の屋敷を思った。

「今度、大曽根から連絡がきたら、必ず報せる」

彦次郎は言った。

「頼む」

源之助は頭を下げた。

「町方は大変だな」

「そうでもない。おれは居眠り番と揶揄《やゆ》される暇な部署であるからな」

自嘲気味な笑みを源之助は顔に貼り付けた。

「お互い、身体はいとわねばな」

妙に彦次郎の口調がしんみりとなった。源之助とても他人事《ひとごと》ではない。健康が全てなのだ。そう思うと、

「そうだ、泥鰌《どじょう》の柳川《やながわ》でも亜紀殿に持って行ってやれ」

源之助は言った。

「そうするか」

はにかんだように彦次郎は答えた。

三

翌二日の朝、源之助は築地にある松平定信の屋敷を訪ねた。一万七千坪の敷地を誇り、定信自ら作庭し、浴恩園《よくおんえん》と称されている。

一介の八丁堀同心が約束もなく面談が叶う相手ではないのだが、定信はありがたくも源之助への信頼からか会ってくれた。

冬ざれの景色を見せる広大な庭は何処かの山里を切り取って運んで来たかのようだ。枯田が広がり、落ち葉が舞っている。畦道《あぜみち》では野焼きが行われていた。

定信は茶室に招いてくれた。

茶室といっても、数寄屋造《すきやづく》りの豪華なものではなく、藁葺《わらぶき》屋根の農家のような造りである。

茶道の心得のない源之助はいささか戸惑い、尚且《なおか》つ緊張を強《し》いられてしまう。

そんな源之助に肩を張ることはないと定信は気遣ってくれるが、その気遣いが重圧となって余計にのしかかってしまう。

我流でどうにか茶を一服所望し、

「珍しいな。そなたがわしを訪ねてまいるとは」

定信は笑みを浮かべた。

「まこと畏《おそ》れ多きことにございますが、どうしても確かめたいことがございます」

物怖《ものお》じすることなく源之助は言った。

「なんなりと尋ねるがよい」

鷹揚に定信は返す。

「江戸市中を騒がす大曽根一龍斎という老剣客がおります」

まずはここで定信の表情を窺う。

定信の表情は動かない。黙って話の続きをするよう目で言ってきた。

「大曽根は齢《よわい》八十を超えておると見受けられますが、これが相当の手練れでございます。江戸で評判の町道場に道場破りを繰り返し、これと目をかけた道場主を誘い、世直しをしようと企てております」

源之助の言葉に定信は無反応だ。

黙ったまま定信は再び茶を点《た》てた。

「それで、気になるのはその黒幕でございます。大曽根の背後には御公儀の実力者が控えおるようにございます」

源之助が問いかけると定信はにやりとして、

「そなた、わしを黒幕と見当をつけてまいったのであろう」

笑顔を浮かべながらも目は鋭く凝らされ、源之助の心中までも見通しているかのようだ。

「あ、いえ……」

図星を差された。取り繕《つくろ》ったり偽りの言葉を述べても定信には通用しない。

「ご明察の通りにござります」

認めてから源之助が定信こそが黒幕であることを疑った理由を述べ立てた。

「なるほど、大曽根とか申す男が申すこと、まるでわしの政《まつりごと》を実践するかのようじゃな……。はっきりと申す。わしは大曽根という男など知らぬ」

定信は笑った。

「楽翁さまではないと知り、ほっとしました」

「わしは政を担った者として、法度《はっと》に背くことはせぬ」

「畏れ入りました。楽翁さまを疑ったことを恥じ入るばかりにございます」

心の底から源之助は詫びた。

「ところで、大曽根の黒幕についてじゃが、思い当たる者がおる」

そこまで言って定信の目元はきつく引き締まった。源之助はそれを見て両目を大きく見開いた。源之助の脳裏にも一人の人物が思い浮かび、おそらくは定信と同じ人物であろうと八丁堀同心の勘が告げたのだ。

「ひょっとしまして……」

その人物の名前を出すことを源之助は躊躇《ためら》った。

源之助に代わって、

「一橋大納言治済殿じゃ」

定信は言った
「一橋大納言さま……。失礼ながら楽翁さまとは政へのお考えが正反対と存じます」

「いかにも、そなたの申す通りじゃ。一橋大納言殿はまこと贅沢を好み、豪奢な暮らしを楽しんでおられる。世の者どもは大納言殿を、『天下の楽に先んじて楽を成す』と称しておる。それに対して、わしはなんと言われておるか存じておろう」

定信に問われ、答えを躊躇していると、構わぬから申せと定信から強く促され、

「楽翁さまは、『天下の憂に先んじて憂う』などと」

源之助が答えると定信は失笑を漏らし、

「まさしく、世の者どもも、わしと大納言殿は正反対の者と思っておるのじゃ。ま、

それはよいとして、大納言殿は世に金をばらまけば、景気がよくなり、それが御公儀の台所も潤《うるお》すと主張して憚《はばか》らない。倹約を言い立てるわしとは当然と申せば当然ながら、政《まつりごと》についても水と油の考えじゃ。」

「そんな大納言さまが大曽根の申す、世直しになどご興味を示されるものでしょうか」

源之助の問いかけに、

「興味を持つ振りをなさるであろうな」

定信は謎めいた物言いをした。

「振りと申されますと」

「言葉通りじゃ。大納言殿は大御所として幕政の実権を握るおつもりじゃ。大御所になるに当たって、ご自分の存在を強くお示しになろうとしておられる。噂によると、江戸をはじめとする関八州の治安強化をお考えになっておられるのだとか」

「それはどういうことですか」

「町奉行所や火付盗賊改方を手助けする組織をお考えなのじゃ。まったく、余計なお世話というものだがな」

定信は冷笑を放った。

「手助けする組織とは、まさか、大曽根が作ろうという世直しのことではありませぬか」

「その可能性が高いゆえ、わしは大曽根の黒幕を大納言殿ではないかと目をつけておるのじゃ」

定信の顔には危機感が押し寄せていた。

「大納言殿、世直しをして大御所になってから何をなさりたいのでしょう」

「幕政を牛耳《ぎゅうじ》り、己が私腹を肥やしたいのだろう。そのために、まずは正義を行う。世直しはそのための方便《ほうべん》というものじゃ」

定信は苦々《にがにが》しい思いをしているようだ。

「まこと、恐ろしいお考えを抱いておられますな」

「世の中の秩序というものが大きく揺らぐことになろう」

「黙って、お見過しになられるのですか」

源之助の言葉を受け止め、

「断固として許してはならん。しかし、今のわしにはな」

悔しそうに定信は唇を噛んだ。

「大曽根一龍斎を町奉行所の手で捕縛します。さすれば、大納言さまも手足を失うことになるでしょう」

「そうじゃのう」

思案するように定信は唇を嚙んだ。

「大曽根は大納言さまのお屋敷に潜んでおるのでしょうか」

「そうかもしれぬな」

「その辺の探りを入れてみたいと存じます」

言ったものの源之助は具体的な方策が浮かんでこない。江戸城中にある一橋屋敷を探ることなど、一介の八丁堀同心にできることではない。

源之助の心中を推し量ったのだろう。

定信は、

「大納言殿は本所に隠居屋敷を新造された。大曽根がおるとすれば、隠居屋敷の方かもしれぬ」

「本所の隠居屋敷でございますか。確か天をも貫く楼閣が聳《そび》えておると聞いております。楼閣が御屋敷の象徴となって、御屋敷自体が天雲閣と称されておるとか」

うなずいた定信が、

「調べてみる価値はあろう」

影御用だと受け止めよう。その方が探索に気合いが入る。

それにしても将軍の実父を探索するとは、これまでにない大きな影御用だ。

その頃、源太郎は北町奉行所筆頭同心牧村新之助《まきむらしんのすけ》と同心詰所で協議をしていた。

土間に長机が並べられただけの殺風景な空間に、いくつか火鉢が置かれている。格子窓から吹き込む寒風に身を震わせながら火鉢で手をこすり合わせる同心たちを横目に、源太郎と新之助は少し離れて向かい合った。

「大野献堂と門人が四人斬られた一件、いえ、先に四人斬られていますから合計九人もの人間が斬られております。南町が担当しております君塚勘太夫殺しと併せれば、十人、こんなにもたくさんの人間を殺《あや》めた大曽根一龍斎を野放しにはできません」

源太郎は強く主張した。

「大曽根が限りなく怪しいには違いないのだが、確かに大曽根の仕業という証《あかし》はない」

返した新之助自身が不満そうだ。

「しかし、捕縛し、取り調べるだけの価値はあると思います」

源太郎は譲らない。

「おまえの言いたいことはわかるがな」

奥歯に物が挟まったような新之助の物言いに源太郎は益々、不満を募らせた。

「では、奉行所を挙げて、できれば南町と一体となって大曽根を追うということはできぬということですね」

「まあ、そうだな」

曖昧《あいまい》さを取り繕うように新之助は腕を組んだ。

残念だということを前面に押し出そうと源太郎は肩を落とした。気持ちはわかると新之助が源太郎の肩を叩いた。

それでも、

「わたしが個人で当たることにつきましては異はございませぬな」

食らいつくようにして源太郎は願い出た。

「むろんのことだ」

新之助が答えてから、

「町方が追うことに何か、差し障りがあるのでござりましょうか」

源太郎は疑問を呈した。

新之助は無言のままだ。目で、どうしてそんなことを聞くのだと言っている。

「大曽根一龍斎、いかに手練れの剣客でありましょうとも一介の浪人に過ぎませぬ。その浪人を町奉行所が追いかけることにしては馬鹿に慎重すぎると思うのです」

源太郎が考えを示すと、

「そう思うか」

いかにも痛いところをつかれたとばかりに新之助は苦笑した。

「どうしたわけなのですか」

「御奉行からのお指図だ」

「御奉行が……。どうして御奉行が待ったをかけられたのでございますか」

解《げ》せないことである。

「事情はわからぬが、多分に政《まつりごと》上の都合と思われるな」

「大曽根が御公儀の政に関わるのですか」

納得できないとばかりに源太郎は詰め寄った。

「わたしもようわからん。実際のところ戸惑っておるのだ」

新之助は言葉通りに肩をすくめた。

大曽根一龍斎、恐るべき剣客であるばかりか、政にも影響を及ぼしているということか。とすれば、一体、何者であろう。

四

二日の昼下がり、源之助は定信の依頼により、本所にある一橋治済の隠居屋敷へとやって来た。業平橋の近くに構えられた屋敷は定信の浴恩園を上回る敷地二万坪はあろうか。練塀《むねべい》に囲まれ、四隅には櫓《やぐら》が設けてあった。広大な屋敷の中を窺うことはできないが、曇天に聳える大きな建物を道行く人々は見上げている。

薄日に照らされた楼閣は瓦が朱色に塗られた唐風の造りになっていた。天に届くとは大袈裟だが、五重の階層があり、高さ十丈（三十メートル）はありそうだ。天雲閣は将軍の実父にふさわしい威厳と権勢を感じさせる豪壮な楼閣だった。

もし、治済が大御所になったなら、この屋敷が政の中心になるのかもしれない。それを見越してなのだろう。既に、大名や旗本など、ご機嫌伺いに訪れる者が出始めているということだ。

表門にはいかめしい顔をした番士が往来を行く者を睨み、寄せ付けない姿勢を取っていた。練塀に沿って裏門に回った。裏門にも番士がいて、こちらは出入り商人一人一人の素性を検《あらた》めていた。出入りに必要な鑑札を提示した上に荷を検められる。当然といえば当然であるが、異常な警戒ぶりである。

「大変ですな」

できるだけ気さくな様子で番士に近づく。番士は源之助を八丁堀同心とわかったようで、不遜な態度こそ取らなかったが、無愛想さを崩そうとはせず、口を閉ざした。

「北町の蔵間と申します。この周辺、町廻りをしております。不審な者をお見かけにはなりませぬか」

源之助が問いかけると、

「特にはござりませぬ」

いかめしい顔を崩すことなく、いかにも面倒くさそうに答えた。

「このところ、市中を騒がす大曽根一龍斎なる者がおります」

大曽根の名前を出し、番士の反応を窺った。厳しい表情を崩すことはなかったが、目が僅かに彷徨《さまよ》った。一呼吸の後に、

「知りませぬ」

馬鹿に明確な口調で否定した。

一方、矢作兵庫助は本所界隈の町道場を訪ね歩くうちに、左右田とばったり行き会

った。左右田は君塚道場をやめ、本所の屋敷で一人、剣術の稽古をしているようだ。

「よお、達者そうじゃないか」

矢作が声をかけると、

「なんとかやっております」

左右田は元気に返した。

相変わらずの誠実そうな態度である。矢作はこの純真無垢な若者に好感を抱かずにはいられない。

「矢作さん、大曽根のことを追っているのですか」

「そういうことだ。足取りなどは簡単に摑めると思っていたが、なかなかつかめない」

矢作は空を見上げた。

鉛色の空の下、天雲閣が周囲を睥睨《へいげい》している。

「大曽根らしき男を見たんです」

左右田も天雲閣を見上げながら言った。

「本当か」

問いかけておいて、この誠実な男が嘘やいい加減なことを言うはずはないと己を戒《いまし》めた。

「間違いありません」

左右田は力強く答えた。

「何処だ」

「本所の吾妻橋《あづまばし》を浅草《あさくさ》から渡って来るところでした。わたしは思わず後をつけたのです」

夕暮れ時であったそうだが、冬の日は短い。

すぐに暗くなり、

「面目ないことに大曽根の姿を見失いました」

大曽根は夜半に本所にあるいずれかの町道場へ赴《おもむ》く途中であったのかもしれないが、

「ところが、それから二日後、今度は朝、浅草方面に吾妻橋を渡ってゆく大曽根を見かけました。わたしは、後を追うべくつけたのですが、雑踏に紛れて見失ってしまいました」

「ということは、大曽根の住み家は本所かもしれないな」

矢作は腕を組んだ。

「実はそのことで気にかかることがあるのです」

「どうした」

「このところ、見かけない侍たちが十数人ばかり、本所界隈をうろうろとしているのです」

「どんな侍たちだ」

「みすぼらしい着物を着た者ばかり、半分の者が月代《さかやき》や髭《ひげ》が伸び放題でしたから浪人者と思われます。しかも妙なことに、突如としてみな揃って立派な身形《みなり》となっておるのです」

「何処かの大名家に仕官でもしたのかな」

「この界隈では、上屋敷を構える大名はおりませぬ」

左右田がいぶかしんだところで、目が点になった。どうしたと問おうとして矢作は左右田の視線を追う。

するとすると侍の集団が十人ばかりぞろぞろとやって来た。

「あの連中か」

と、矢作は左右田の耳元で囁いた。

左右田はうなずいた。

なるほど、みな、真新しい羽織、袴、足袋は真っ白で値が張りそうな雪駄で闊歩している。月代、髭もきちんと剃られ、大藩の藩士といった様子だ。

矢作と左右田は道の端に移り、十人の様子を眺めた。十人は往来の真ん中を肩で風を切って歩いてゆく。

商家の軒先で働く奉公人に、

「異常はないか」

とか、

「平穏であるか」

などと声をかけている。

まるで、町の治安を守っているが如しだ。

すると、目に付いた茶店へと入って行った。矢作と左右田もどちらからともなく茶店に入る。

十人は小上がりの座敷に座り、しばし、歓談を始めた。矢作と左右田はさりげなくそばの席で様子を窺った。

侍たちは、

「いよいよ、我ら天罰組が立ち上がる時がきたぞ」

意気軒昂《けんこう》である。

各々、気勢を上げ、昼間から酒を飲み始めた。

「天罰組とはなんだ」

矢作が左右田に問いかけたが左右田にも心当たりがないようだ。

「天罰を下すということではありませんか」

誠実な左右田とあって懸命に答えてくれたものの、答えになっていない。しかし、名称といい、往来での振る舞いといい、天罰を加えるということを目的としているようだ。しかも、身形からして相当に羽振りがいいことを示していた。一体、何者であろうか。

じっと耳をすまし、侍たちが酒で乱れるのを待った。

しかし、侍たちは酒が入っても乱れることはない。悠々と猪口を酌み交わし、世の中の乱れについて憂いの言葉を重ねる。

「一体、何者でしょう」

左右田は首を捻った。

「わからんが、伊達や酔狂で集まっているのではなさそうだ」

矢作も見当がつかず困惑の度を深めた。

するとと侍の間から、

「腕が鳴りますな」

「いよいよ、世直しですぞ」

などという声が上がった。

「いい気なもんだな」

矢作は笑い飛ばした。

すると、侍たちがにわかにざわめいた。

出入り口を見ると、

「ああっ」

左右田が声を漏らし、慌てて口を塞《ふさ》いだ。矢作が戸口を見ると、老齢の侍が入って来た。肩まで垂らした白髪、皺だらけの顔、枯れ木のような身体、しかも覚束ない足取りで店内を横切り、侍たちの待ち受ける座敷に上がった。

「大曽根一龍斎だな」

矢作の問いかけに左右田はうなずいた。

大曽根一龍斎の一味ということだ。

矢作と左右田は耳をすませた。

すると、

「方々《かたがた》、いよいよ、世直しの時が至れりじゃ」

大曽根が言った。

みな、固唾《かたず》を呑んで大曽根の言葉を待っている。

大曽根は、

「方々の中からわしの補佐役を指名致す」

と、侍たちを見まわしてから、

「橋本《はしもと》右京《うきょう》殿、貴殿にお願いしたい」

一人の侍に視線を預けた。

橋本は歳の頃、三十前後、十数人の侍たちの中にあって最も背が高く、がっしりとした身体つき、頬骨が張った精悍な面構えをしていた。相州《そうしゅう》浪人、無外流の使い手で、神田明神下《みょうじんした》で町道場を構えている。

「身に余る名誉でござる」

橋本は張りのある声で応じた。

他の侍たちから、異を唱える者はいない。

「橋本殿、しかとみなをまとめていただきたい」

大曽根は言った。

「承知致しました」

力強く橋本が応じる。

「では、天罰を加える前に、我らの存在を天下に示したいと思う」

大曽根が言った。

橋本をはじめ、みな緊張の面持ちで待っている。

大曽根は鷹揚に、

「白河楽翁こと松平越中守《えっちゅうのかみ》殿の屋敷に赴く」

みな黙っているが、その目は爛々《らんらん》と輝いていた。

五

矢作と左右田は茶店から外に出た。

「松平越中守さまの御屋敷に何をしに行かれるのでしょう」

左右田は心配そうに尋ねてきた。

「大曽根を筆頭に押しかけに行くか、それとも、奴らの黒幕は松平越中守さまということかもしれん。何しろ、奴らは世直しを叫んでいたからな」

「なるほど越中守さまなら、世直しの後ろ盾になってくださるかもしれません」

左右田はうなずいた。

「いや、早合点はいかんな」

強く首を横に振り、矢作は早急な結論を求めることを戒めた。

左右田はしばし、思案していたが、

「拙者、大曽根の懐に飛び込んでみたいと思います」

「どうするんだ」

矢作が危ぶむと、

「仲間に加えてくれるよう頼むのです」

「それはどうかと思うぞ」

矢作が顔をしかめると、

「もちろん、腕ではとても太刀打ちできるもんではありません。でも、やってみようと思います」

左右田は己が師を殺した大曽根に仕返しをしたいのだろう。加えて大曽根がやろうとしている世直しに興味を抱いたのかもしれない。

「まあ、やってみます」

左右田は言った。

すると、大曽根一行が茶店から出て来た。矢作に脇に身を潜めているよう言い、それから、

「畏れ入ります、大曽根一龍斎先生とお見受け致します」

左右田は大曽根に駆け寄った。

橋本右京が大曽根の前に立ち左右田を睨み返した。

「お願い致します。わたしも世直しの仲間に加えてください」

左右田は土下座して、申し出た。

橋本や他の侍たちが、

「貴様、われらの話を聞いておったのか」

と、色めき立った。

「世直しという言葉が耳に入りました」

左右田は答えてから御家人左右田健三郎だと名乗った。橋本が、

「我ら大曽根先生の眼鏡《めがね》に適った腕がある。そなた、剣はどれほどだ」

「はっきり申しまして未熟でございます」

左右田が答えると、

「それで、仲間に加わると申すか」

橋本が失笑を漏らすと他の連中も声を上げて笑った。左右田は、両手をついた。

「どうか、お役に立たせてください」

「だから、剣が未熟では話にならんのだ」

橋本が言う。

「剣ではお役に立てませんが、雑用でなら。あるいは探索でも、面倒なことはなんでもやります」

左右田は額を地べたにこすりつけて懇願した。

「駄目だ」

にべもなく橋本が断ると、

「まあ、待て」

大曽根が橋本を押し退けて左右田の前に立った。それから、

「そんなにもわしらの役に立ちたいのか」

「はい、世直しということにひかれましてございます」

左右田は必死の形相で見上げる。

「先生、このような者、相手にすることはないと存じます」

橋本の言葉に他の連中もうなずく。

「先生、お願い致します」

左右田は何度も頭を下げる。

「そうじゃな」

大曽根はしばし思案の後、

「よかろう、雑用として雇ってもよいじゃろう。わしの身の周りの世話をさせる」

これには橋本が、

「なりません。素性の知れぬ者を我らの仲間に加えることなどできるものではありません」

断固とした反対を唱えた。

橋本の強い反対に遭い、大曽根は黙った。

「わたしは、決して素性卑しきものではござりません」

左右田は必死で訴えかける。

「どんな魂胆だ」

疑わし気な橋本の問いかけに、

「魂胆などはござりません。先生やみなさんのお役に立ちたいのです」

左右田は言い立てた。

「怪しい奴め」

橋本は抜刀し、切っ先を左右田の鼻先につきつけた。

「吐け」

冷然と橋本が告げる。

「申した通りでございます」

左右田は言った。

「嘘つけ」

橋本が声を荒らげた。

「嘘、偽りのない気持ちでございます」

必死の形相で左右田は訴えかける。

「よし、ならば、腹を切ってみよ」

冷然と橋本は告げた。

「腹でございますか」

さすがに左右田はためらった。

「切腹の覚悟もできないでは贋者であるぞ。なあ、方々」

橋本はみなに声をかけた。みなもにやにやと笑っている。

「情《なさけ》なき奴め」

橋本はいきなり蹴りを入れてきた。左右田の顎《あご》に足が当たり、左右田は跳ね飛ばされた。

「やってしまえ」

橋本の目が尖《とが》った。

他の者たちが左右田を蹴り始めた。それを大曽根が冷然と見下ろしている。狂気をはらんだその目は獰猛な獣、獲物を前にした獣である。

たまらず矢作は飛び出した。

「やめろ！」

怒鳴り付けておいて地べたに倒れる左右田を庇った。

橋本が睨んでくると、

「あんた方、一人を大人数で乱暴を働いているとはおだやかではないぞ」

矢作は言う。

「貴殿には関わりないことだ」

蝿《はえ》でも追い払うように橋本は右手を振った。

「そういうわけにはいかん。おれは八丁堀同心、江戸市中で起きた争いを見過ごすわけにはいかない」

左右田に肩を貸しながら主張した。

「その者が無礼を働いたのだ」

橋本に反省の色は微塵《みじん》もない。

「そのようには見えなかった。偶々《たまたま》、通りかかったので様子を見ておったが、貴殿らに対し、こちらはまったく無礼など働いておられなかった。貴殿らが一方的に乱暴を働いておったのだ」

矢作は言った。橋本はばつが悪そうに矢作から目をそらした。

ところが、

「いえ、悪いのは拙者でござる。拙者がこの方々に無礼を働いたのでござる」

左右田は橋本を庇《かば》った。

「いや、そうは見えなかったが」

意外な左右田の言動に困惑し、矢作の口調は鈍った。

「確かに拙者が無礼を致しました」

左右田は唇の端を切り、血を滴《したた》らせながら言った。

矢作が戸惑っていると、

「ならば、行くぞ」

大曽根が言った。それを潮《しお》に橋本たちは引き上げていった。

「矢作殿、どうもありがとうございました」

左右田は照れたように頭を掻いた。

「いや、それより、大丈夫か」

懐紙を渡し、矢作は言った。左右田は懐紙を受け取り、唇を拭ってから軽く頭を下げた。

「大丈夫ですよ。あれしきのこと、なんでもないです」

一見、やわなようで左右田は頑健な男なのかもしれない。

「でも、これで、わたしの名前と顔は覚えてくれたはずです。ですから、また、折を見て仲間に加わえてくれるようにお願いするつもりです」

「そこまですることはない。おれに義理立てすることなんかないぞ」

気遣いを示す矢作に、

「矢作殿への義理ではござらんよ」

左右田は言った。

「まさか、本気であいつらの仲間に加わりたいと思い立ったのか」

「ええ、本気ですよ」

「ほう、世直しがしたくなったのか」

いぶかしむ矢作に、

「役目でござる」

左右田の目は暗く淀んだ。

「左右田殿、貴殿……」

何者だという言葉を飲み込み矢作が問いかけると、

「拙者、火盗改の同心で探索を担っております」

左右田は素性を明かした。

「ほう、こりゃ、驚いた」

矢作はしげしげと左右田を見返した。

左右田は薄笑いを浮かべた。

六

「では、君塚道場に弟子入りしていたのは大曽根を探るためだったのか」

　矢作が問いかけると、

「いや、そうではござらん。君塚道場に通っていたのはあくまで剣術の修業のため。そこへ、謎めいた老剣客大曽根一龍斎という者が道場破りにやって来た。それで、物の見事に先生を破り、その先生を一撃の下に倒してしまった。これは、何かある。あの男には何かあると探索心が疼きました」

「すると、火盗改は大曽根に目をつけたのですな」

「わたしの独断で行っております。申すまでもなく火盗改は盗人や火付けを取り締まるのが役目、目下のところ大曽根はそうした罪を犯してはおりません。ですが、いかにも不穏なものを感じます」

　左右田はまるで別人である。

「あんた、相当な腕利きだろう」

　矢作が言うと、

「さて、どうでしょうな。ただ、これと目をつけた悪党にはとことん食らいつくことを信条としております」

誠実ではあったが弱々しくも感じた若侍の姿はない。

「大曽根の一件、町方としても放ってはおけない」

矢作も八丁堀同心としての誇りが疼いた。

「むろん、わたしは留め立てしません」

それはいかにも挑戦的な態度であった。

「ならば、お互い、役目を果たしましょうぞ」

矢作が言うと左右田はうなずいた。

その晩、源之助の組屋敷に矢作がやって来た。

居間に入って来るや、

「大曽根一龍斎、とんだことをしでかしそうだぞ」

矢作が大きな声で言ったものだから、久恵は遠慮して居間を出て行った。

「どんなことだ」

「わからん」

「なんだ」

源之助が冷笑を浮かべると、

「大曽根、世直しのためだと称して侍を集めたのだ」

「そのようだな」

「なんだ、親父《おやじ》殿、知っているのか」

「まあな、して、大曽根がどうかしたのか」

「松平定信さまの御屋敷に侍たちを引き連れて乗り込むそうだ」

「なんのためにだ」

「そこまではわからん」

矢作は吐き捨てた。

「おまえの話は雲を摑むようだな。で、大曽根が白河さまの御屋敷に出向くこと、何処で聞いてきたのだ」

「本所を回っておった時に、大曽根に斬られた君塚勘太夫の門人であった御家人左右田という男と会ったのだ。そして、この左右田という男、実は火盗改の同心であった」

左右田と共に矢作は大曽根一派の動きを探ったことを語った。

「左右田という男、なかなかの腕利きでな、あいつは、大曽根一派の隠れ家が本所にあると狙いをつけている」

「なるほど、本所か」

「親父殿、どうする」

「火盗改に遠慮することはない。江戸の市井《しせい》を騒がせる者を放っておけるか」

源之助はきっぱりと言った。

「おれもそう思う。親父殿、おれはやるぞ。大曽根一龍斎の尻尾を摑んでやる。ところで、源太郎はどうなんだ。あいつのことだ、しゃかりきになって大曽根を追いかけているのではないか。本所辺りを探るべきだと教えてやるか」

矢作は義理の弟への気遣いを示した。

「その必要はない。本所辺りに大曽根の住み家があることは、おまえが突き止めたのだ。それにな、源太郎、大曽根追及を止められたらしい」

「止められたとは誰にだ」

「おまえは止められていないのか」

「いいや」

きょとんとなって矢作は首を横に振った。

源之助は苦笑し、

「おまえ、町奉行所にろくに顔を出していないだろう」

「そりゃそうだが……。でも、一体どうしたんだ」

「源太郎、大曽根一派を追及することに歯止めをかけられた」

「誰にだ」

「はっきりとは断定できないが、大曽根の住み家は本所の一橋大納言さまの隠居屋敷だ」

「なんだと」

怖い物知らずの矢作もさすがに驚きを示した。

「驚くのも無理はないな」

「そうだよ。ずいぶんと大物に取り入っているではないか。ということは大曽根たちがやろうとしている世直しとは、一橋大納言さまの意向を受けてということか」

「まったく関与していないことはあるまい」

「だから、おれたち町方は大曽根のやろうとしていることに関与できないということか」

「そんなところだろう」

「一体、大納言さまは大曽根に何をやらせようとしておられるのだろうな」

矢作は腕を組んだ。

「わからんな。本気で世直しをしようとなさっておられるのかもしれん」

「すると、松平定信さまの御屋敷へ赴くというのは、かつて政を取り仕切った白河さまに挨拶をしようというのか」

矢作は首を捻った。

「わざわざ、挨拶などはするまい」

源之助は言下《げんか》に否定した。

「そうだろうな。ということは喧嘩を売りに行くということか」

「いかにもおまえらしい考えだな」

一旦は苦笑まじりに否定しようとしたが、

「喧嘩か、あるいはそうかもしれんな」

「面白そうだな」

矢作は舌なめずりをした。

「喧嘩といっても、おまえがやらかすようなものではないだろう。一種の挑戦と言った方がいいのかもしれん。ま、いい、それはわたしに任せろ」

「親父殿の言うことに逆らうつもりはないが、どうする気だ」

「それはわたしが算段する」

定信に頼んでみよう。いくら大曽根や一橋治済とはいえ、いきなり定信を訪問したりはしないだろう。必ず、訪問日を連絡するはずだ。

その訪問日に源之助も立ち会う。


矢作は源之助の家を辞してから源太郎の家に立ち寄った。

「兄上、また、飲んでいらしたのですか」

美津が口を尖らせた。

矢作が、目立ってきた美津の腹に手を伸ばすと、

「やめてください。お酒を飲んだ手で触られてはお腹の子に障ります」

美津は矢作の手をぴしゃりと叩いた。矢作は、「いてて」と顔をしかめ、

「飲んでなどおらん。それより、源太郎はどうした」

「湯屋へ行きましたから、もう間もなく戻ってまいりますよ」

美津が答えたところで玄関の格子戸が開き、源太郎の声が聞こえた。源太郎は玄関に脱がれた履物で矢作の訪問を知ったようで、

「兄上、いらしていたのですか」

と、言いながら入って来た。

「おまえ、大曽根一龍斎のことで止められたのか」

いきなり矢作は本題に入った。

「兄上もですか」

不満そうに源太郎は返すと、あぐらをかいた。

「おれは、このところ、奉行所に顔を出しておらんからな」

「このところではないでしょう」

たちまち美津が責め立てた。

「ま、そう言うな」

矢作は頭を掻いた。

「どうにも釈然としませんが、ともかく、上からの命令ですので、聞いておこうと思っています」

源太郎は恥じ入るように目を伏せた。

「おまえ、不満だろう」

「あたり前じゃありませんか」

源太郎はふてくされたように頰を膨らませた。

「おれが、その分頑張るよ」

「兄上らしいですが、あまり無理なさらない方がいいですよ」

「無理をするのがおれだ。それと」

矢作はここで言葉を止めた。

「父上ですか」

源太郎は苦笑を漏らした。それから、

「ひょっとして、父上は大曽根の一件に首を突っ込んでおられるのですか」

「さあな、関係しておっても不思議はあるまい。なにしろ、蔵間源之助だ」

それでは答えになっていないのだが、妙に納得できてしまう。

「影御用ということですか」

源太郎は呟いた。

その顔はどこかうれしげであった。

第三章　寒日の真剣勝負

一

源之助は松平定信に伺いを立て、一橋治済が霜月《しもつき》十日の昼にやって来ることを知った。

築地の浴恩園の庭に設けられた番小屋で控えていると、表門から螺鈿細工《らでんざいく》の大名駕《か》籠《ご》が入って来た。

門から御殿まで続く石畳は治済来訪に備えて塵《ちり》はもちろん落ち葉もない。両側に定信の家臣が蹲踞《そんきょ》の姿勢で居並んでいた。駕籠が石畳を進むと、一斉に頭が垂れる。

悠然と進む駕籠を十数人の侍が警固をしていた。揃って真紅の胴着に身を包んでいる。先頭に大曽根一龍斎の姿があった。木枯らしに大曽根の白髪が舞い、真紅の胴着に映えている。

　御殿の玄関に至ったところで、駕籠の引き戸が開かれ、一橋治済が現れた。豪華な綾錦《あやにしき》の小袖に袴《はかま》、羽織を重ねている。足袋《たび》は黄金色に輝いていた。頭を丸めているため、巨刹を預かる高僧のようだ。質素倹約、贅沢華美を嫌う定信への当てつけにも思える。

　御殿の玄関で出迎えた定信が、

「ようこそ、おいでくださいました」

　と、御殿に案内しようとしたところで、

「この屋敷は庭が見事と評判だな。お手数じゃが、楽翁殿、庭をご案内いただけまいか」

　治済が申し出た。

「承知致しました」

　一礼し、定信は快く応じた。

　一行はしばし庭を散策のあと、道場へと向かった。源之助は道場前の植え込みに身を隠した。

治済が、

「では、楽翁殿、予《あらかじ》め案内致したように、わが配下の者と楽翁殿が選抜せし者の手合せ、よろしいな」

「むろんのこと。大納言殿がそれほど武芸に熱心でおられるとは意外でござった」

「なんの、武士である以上、武芸、兵法の鍛錬を行うことはあたり前でござる」

鷹揚に応《こた》える治済は余裕に満ちている。

やがて、定信の家臣が十人ばかり紺の胴着に着替えてやって来た。みな、精悍な面構えでがっしりとした身体、いかにも武芸に長けた屈強な男たちばかりである。

治済は大曽根を促した。

「それでは、早速、道場にて」

大曽根は軽く頭を下げた。

定信が、

「みなの者、しっかりとお相手せよ」

凜《りん》とした声を放った。

選抜されたという誇りを抱いているのだろう。みな、目を爛々《らんらん》と輝かせ自信に満ちた面持ちである。

定信を先頭に道場に入った。源之助は中には入らず外で待機した。

定信と治済は見所《けんぞ》に並んで座した。右に定信、左に治済である。侍たちも板壁に沿って右側に定信配下、左側に大曽根以下、天罰組の面々が正座した。揃って右脇に木刀を置いている。源之助は武者窓に貼り付き、格子の隙間から様子を窺った。

治済が、

「一龍斎、我らの日頃の鍛錬、楽翁殿にお見せすることまことに栄誉であるな」

と、余裕綽々《しゃくしゃく》の様子で声をかけた。

「まこと、楽翁さまが選りすぐった方々の胸を借りるつもりで、我ら心して手合せを願う次第でございます」

言葉は謙虚ながら大曽根の表情は自信に満ち溢れている。橋本以下、天罰組の者たちも背筋をぴんと伸ばし、誇らしげに胸を張り、闘う前から相手を呑んでいるかのようだ。

「ならば、始めましょうか」

定信が治済に声をかけると、治済は大曽根を促した。

大曽根は治済と定信に一礼してから居並ぶ天罰組に向き直り、

「柳川《やながわ》」

と、末席に連なる男を呼ばわった。柳川は治済と定信に深々と礼をすると右手に木刀を持ち、すっくと立ち上がると道場の真ん中に進んだ。

柳川に合わせるかのように定信側からも末席の男が手合せに臨んだ。

「始めよ」

治済が野太い声で勝負の開始を告げる。

二人は相正眼で対峙した。

ぴかぴかに磨き立てられた板敷は鏡のようで、真紅と紺の胴着をぼんやりとだが映し出した。

紺の胴着の男が左足を引き、八双《はっそう》に構え直した。

と、次の瞬間に、機先を制するように柳川は相手の懐《ふところ》に飛び込み籠手を打ち付けた。木刀が板敷を転がる音が妙に乾いている。

瞬《また》きする間もなく勝負がついた。

「お見事ですな」

負けを認める言葉を治済にかけた定信にはまだゆとりがあった。

ところが、二人め、三人め、四人め、次々と天罰組に後れを取るにつれ、定信の表情は険しくなった。しかも、いずれも籠手を取られての負けである。

自ら選抜した者たちが次々と敗れる様を目の当たりにし、定信も平常心ではいられない様子となった。対して、治済は満足そうな笑みを浮かべている。

五人め、六人めも籠手を取られるに及び、

「勝負ありじゃな」

治済が勝利宣言をした。

確かに双方十人の者が試合を行い、六人連続、揃いも揃って籠手を取られて負かされたのだから、勝負ありである。たとえ、残る四人全てが勝ったとしても対抗戦ということであれば天罰組の勝利だ。しかし、今回は対抗戦というわけではない。

一橋治済は天罰組の腕を披露したいと親睦試合の名目で申し込んできたのである。とはいっても、事実上は勝負を争うことになることは定信にも十分にわかっていた。

それゆえ、白河藩の中でも特別に腕の立つ者ばかりを選抜したのである。

それが、こうもむざむざと天罰組に敗れたとあっては、親睦試合を名目に残る四人の試合を行うことを定信も言い立てることができない。

しかし、内心では忸怩《じくじ》たるものを感じ、誰か一矢《いっし》報《むく》いる者はいないかと思っているに違いない。

すると、定信の気持ちを斟酌《しんしゃく》したように、一番上座に座す男が、

「拙者、白河藩松平家中、馬廻り土岐甚十郎《ときじんじゅうろう》、是非とも手合せ願いたい」

と、木刀を持ち立ち上がった。

治済は薄笑いを浮かべたが、了承するような眼差しを大曽根に向けた。大曽根は横に座す橋本に、

「橋本、名門白河藩松平家馬廻り衆たる土岐殿の胸をお借りせよ」

いかにも皮肉たっぷりに言った。

橋本もそれに応じ、

「天罰組組頭橋本右京、土岐殿の胸をお借り申す」

と、余裕たっぷりに木刀を手に立ち上がった。

挑発には乗らず土岐は粛々《しゅくしゅく》と歩を進め、道場の真ん中に立つ。

橋本は下段、土岐は籠手狙いを避けるように大上段に構えた。

試合開始が告げられるや機先を制するように土岐は橋本の懐に飛び込んだ。籠手を狙いにいったが、橋本はこれを見切り、さっとかわす。

土岐の木刀は空を切ったものの、間髪容《かんはつい》れず返す刀で下段からすり上げた。

この攻撃も橋本はかわした。

土岐は素早く後ずさり、今度は突きを繰り出す。

橋本が引くや、自身も引き、次の瞬間にはまたも激しく突きを繰り出した。

積極果敢な土岐の攻めを橋本は難なくかわし、

「まいるぞ！」

攻勢に転ずることを高らかに宣言し、すり足で間合いを詰める。受けて立とうと土岐が正眼に構えたところで橋本は床を転がった。

予想外の敵の動きに土岐は一瞬木刀を握り直した。

横転しながら橋本は土岐に近づき、脛《すね》を払った。

木刀で脛を打たれた土岐は膝折れた。

橋本は立ち上がり、大上段から木刀を振り下ろした。

恐怖で引き攣る土岐の額からほんの一寸ほどで木刀は止まっていた。

土岐の完敗である。

橋本は土岐と治済、定信に一礼し、悠然と板壁に歩いて行った。

屈辱にまみれた定信の顔色は血の気を失っている。治済の得意げな笑顔とは対象的で勝者、敗者を如実に物語っていた。

戦慄すべき天罰組の強さだ。

いつしか夢中になって見物するうちに格子を摑む手がじっとりと汗ばんでいた。深いため息が、白い息となって寒風に流れ消える。

するると、

「その方」

不意に大曽根が源之助に目を向けてきた。

目と目が合い、源之助も見返す。

「その方、神田の宗方道場におったな」

しっかりと大曽根は源之助を覚えていた。

「おりました。道場破りにいらした大曽根殿と宗方彦次郎の手合せ、この目で見届けました」

臆することなく源之助は答える。

「そうであったな。わしの剣を見ておったお主の目、よおく覚えておるぞ。どうじゃ、わしと手合せ致さぬか」

大曽根が誘いかけてきた。

格子の隙間から定信を窺うと軽くうなずくのが見えた。

「承知致した」

源之助は応じた。

源之助は胴着は借りず、木刀のみを拝借した。黒羽織を脱ぎ、刀の下げ緒で襷掛《たすきが》けを施す。

真紅の胴着に身を包んだ大曽根と対峙する。

宗方道場で見た時と同じく大曽根は身体を左右に揺らしている。

この一見、人を小馬鹿にしたような動きに惑わされてはならない。

源之助は木刀を下段に構えたまま動かず、大曽根の動きを見守った。

大曽根も身体は揺らしながらも視線は源之助から外さない。

道場内は静まりかえっていた。

珍妙極まりない大曽根の動きを笑う者はいない。天罰組の強さを見せつけられ、定信選抜の面々は借りて来た猫のように大人しく源之助と大曽根の対決に見入っていた。

源之助と大曽根は木刀を交えることなく、時が過ぎてゆく。

格子の隙間から身を切るような風が吹き込んでくるが、源之助の額には汗が滴《したた》った。

一方、大曽根は汗一つかいていないどころか、目元は涼やかで口元を僅かに緩ませている。

焦ってはならないと己に言い聞かせるが、身体が動いてしまった。あまりに無防備な大曽根の構えに魅入られるようにすり足で迫り寄る。

身体を揺らしたまま大曽根は源之助を迎え入れた。

源之助は大曽根の籠手を狙った。

「やった」

籠手を捉えたと思った瞬間、狙いは外れた。それでも、源之助の目には大曽根の太刀筋をはっきりと見切ることができた。

ところが見切ったと思った刹那、大曽根の木刀が源之助の籠手を打っていた。手首に痛烈な痛みを感じ、木刀を手から落としてしまった。

完敗である。

二

ところが、負けた気がしない。

しかし、現実にはれっきとして源之助は敗れた。まるで、空気を相手にしているようなものだった。

これが宝生一念流か。聞いたこともない流派であるだけに剣の奥深さを思い知らされた。

　呆然と立ち尽くしていると、

「真剣でやってみせい」

　不意に治済が声をかけてきた。

　大曽根が、

「わしは構いませぬ」

　と、不敵な笑いを浮かべる。

「いや、真剣で立ち会うというのはいかがなものか」

　定信は躊躇《ためら》いを示した。

　すると治済が、

「これは、楽翁殿とは思えぬ弱気なお言葉ですな。楽翁殿は質素倹約を旨とし、武芸の奨励を行っておられる。その楽翁殿が真剣勝負に及び腰とは信じられぬ。穏やかな隠居暮らしを続けられ、武芸とは遠ざかっておられるのかな」

　定信はむっとして、

「拙者、隠居しても武芸を怠ってはおりませぬ。反対するわけは、真剣での立ち合いは死をもたらしかねないものであるからです」

「死と直面するからこその真剣勝負でござろう。武芸の鍛錬はつまるところ、武士としての本分である戦《いくさ》に備えてのものでござるぞ。武士が刀を持って戦う以上、命のやり取りは必定である」

定信をなじるように治済は轟然と言い放った。定信に屈辱を味合わせることはできない。定信の顔面は蒼白となり、頬がぴくぴくと動いている。これ以上、定信が反論に出ようとしたのを源之助は一礼して制すると、

「承知致しました。お受け致します」

と、治済と大曽根に向き直った。

「蔵間と申したな。その心得やよし。誉めてつかわすぞ」

治済は満足そうにうなずいた。

大曽根もうれしげに、

「ならば、立ち会おうぞ」

対して定信は心配そうな目を向けてくる。定信の家来たちも、橋本以下大曽根配下の侍たちに敗れ去った衝撃に加え、眼前で真剣勝負が行われるとあって、困惑と驚きで悄然となっていた。

大曽根は真剣を持って来るよう天罰組に命じた。末座の男が道場を出て行った。

源之助は真剣を腰に差し、道場の真ん中に立った。大曽根もうなずく。

抜刀したものの源之助は手首に痛みが残っている。

痛みが引くまで勝負を引き延ばそう。

大曽根は自分からは攻撃を仕掛けてこないだろう。

左右に身体を揺らしながら源之助が仕掛けるのを待ち構える戦法を取るに違いない。

木刀で立ち会った時のように刀を構えたまましばらく動かずにいることだ。

やがて、天罰組の男が戻って来た。

長寸の大刀を両手で捧げ持っている。大刀というよりは太刀だ。男が鞘を持ち、大曽根は柄《つか》を両手で握って抜き放った。

刃渡り三尺はあろうかという大太刀だ。

冬の弱い日差しに鈍い煌めきを放つ大太刀に定信配下の侍たちがざわめいた。すかさず、定信が厳しい目を向けると、侍たちは居住まいを正した。

源之助と大曽根は道場の真ん中で対峙した。

刃渡り三尺の大太刀を構えても大曽根は左右に身体を揺らした。

源之助は二歩下がって大曽根の動きを見定める。

ところが、大曽根の動きは迅速だった。

一陣の風のように来襲し、源之助が己が油断を悔いたと同時に太刀が源之助の大刀にぶつかった。

激しい衝撃が手首から全身を走り抜け、大刀は宙に飛び、やがて床に突き刺さった。

勝負はあっという間に決着した。

またも源之助の負け、そして敗北の後には死が待ち受ける。じたばたしても仕方ない。

刀を失った源之助は床に静かに正座をした。

「その方、なるほど一角《ひとかど》の武士であるな。町方の同心、小役人にしては胆《きも》の据わった男である」

治済が称賛の言葉を投げてきた。

大曽根が、

「蔵間源之助、覚悟はよいな」

「むろんのこと」

源之助は膝に両手を揃えて覚悟のほどを示した。定信が苦《にが》い顔で唇を嚙んだ。大曽根が刀の切っ先を源之助の鼻先に突き付けた。

死を前にして不思議と心が穏やかとなった。死を受け入れているわけではない。余りにも唐突、予想外の最期に心の整理などできるものではない。

漠然とした意識の中に久恵の顔が浮かぶ。

自分の死を聞いたら、どうするだろう。一時はうろたえるであろうが、それほど時を要すことなく立ち直るのではないか。八丁堀同心の妻として、心の奥底では夫の殉職を覚悟しているであろう。

源太郎、美津……。孫を抱いてやることができず、すまん。

家族のことを思うと、生への未練が湧き上がってきた。

大曽根が太刀を頭上に振り上げる。

冬晴れの空に鳶《とび》が舞っていた。この世の見納めに長閑《のどか》な光景を見、心が落ち着く。

太刀が勢いよく振り下ろされた。

源之助は両目を閉じた。

一陣の風が月代に吹きつけた。

が、何も起きない。

静かに目を開けると大曽根が仁王立ちをしている。

「蔵間源之助、逃げも隠れもせず、眉一つ動かすことなく死に備えておった。その凜《りん》とした佇まい、武士として見上げたものじゃ。殺すに惜しい。それと、そなた、宗方彦次郎の盟友であろう」

大曽根は言った。

「斬らぬと申されますか」

源之助が見上げると、

「そうじゃ。わしは滅多やたらと命を奪わぬ。そのことは申しておく」

大曽根は太刀を鞘に納めた。

正直、ほっと安堵した。今まで気付いていなかったのだが、背中に着物が汗でべったりと貼り付いている。

治済が、

「楽翁殿、われらの実力のほど、わかっていただけたと思う」

その顔は誇らしげだ。

「いかにも、みな、手練れでございますな」

定信も認めざるを得ないようだ。

「そこでじゃ。かねてより提案しておる世直し、すなわち将軍家の手助けをしたいのじゃがな」

「お言葉ですが、世直しとは漠然としておりますな」

「法の網が及ばないことをいいことに私腹を肥やす悪党どもを成敗致す。天罰を下してやるつもりだ。より具体的に申せば、悪徳役人どもを罰してやるのじゃ」

治済は言った。

「御公儀には町奉行所、火付盗賊改、評定所などが備わっておりますぞ」

定信が反論すると、

「むろん承知しておる。しかしながら、それでは万全ではないと思うゆえ、わしが手伝おうと申しているのじゃ。御公儀の要職にある者の罪を町奉行所が問えようか。目付、大目付が糾弾できようか」

「そのお志は大変にありがたきものとは存じますが、罪を裁くのは法度《はっと》でござる。人が裁くのではごござらん」

定信も引かない。

「いかにも法によって世も仕組みは成り立っておる。しかしな、法を活用するのは人であるぞ。人が法を作る。人が作った以上、法とて万全ではない。実際、法の網には引っかからず、悪事を働きながらも罰せられることなく更なる悪事を重ねる者が後を絶たないのじゃ」

朗々とした声音で治済は堂々と持論を展開した。その姿勢には少しのぶれも感じられない。さすがの定信も威圧され言葉を失った。

「楽翁殿、まあ、我らに任せよ。楽翁殿とて江戸が平穏になることに不満はあるまい」

治済は勢いづいた。

「町奉行や老中どもとも協議を致します。それまで待ってはいただけませぬか」

苦り切った顔で定信は返した。

「そんな必要はない」

治済は強気に否定した。

定信が唖然として見返すと、

「わしは、既に将軍家より了解を得ておるのじゃ」

将軍の名前を出せば反論できまいと治済は思ったのかもしれないが、

「畏れながら政《まつりごと》を担うは老中、若年寄をはじめとする御公儀の役職にある者でござります」

負けまいと定信は腹から異論の言葉を絞り出した。すると治済は冷ややかな笑いを浮かべ、

「ならば問う、楽翁殿は何故、政に口を挟むか。楽翁殿はとおの昔に老中を退かれた

ではないか」

「それがし、口を挟んでおるのではござらぬ。幕閣の中にそれがしの考えを求める者がおりますゆえ、それに対して答えておるだけでござる」

定信の額に汗が滲んだ。

「ならば、最早、楽翁殿に意見を求める者はおるまい」

治済は、「寛政の遺老」はすでに幕閣を去ったと言いたいに違いない。

定信は黙り込んだ。

「おわかりいただけたようじゃな」

定信の沈黙を敗北と見て取った治済は声を高らめた。

「くれぐれも、慎重になされよ」

事実上の定信の敗北宣言であった。

三

治済一行が帰ってから、

「困ったことになったものだな」

定信はため息混じりに言った。

「申し訳ございませぬ」

源之助は詫びた。大曽根との真剣勝負で敗れたことが悔やまれる。あの時、勝負にかこつけて斬っておくべきだった。己が腕の未熟さを思い知ると共に情けなさに胸が潰れた。

「そなたのせいではない。わが配下の者、実に不甲斐ない有様であった。いや、家来のせいにすべきではない。わし自身が武芸の鍛錬に目を配ってこなかったことが全てじゃ」

定信も無念さを顔に滲ませた。

「それにしましても、大曽根が集めた者ども、いずれも凄腕の者ばかりでござる。まさしく一騎当千の者ばかり。あの者たちが本気でかかれば、捕物の際には火盗改にも勝る働きをすることでござりましょう」

「町方や火盗改を凌ぐ働きをすると思うのだな」

「町方の仕事は罪人の捕縛ばかりではなく町人の暮らしを守ることですが、それは置いておくとしまして、罪人捕縛には探索が必要でござります。探索が行き届かねばいかに凄腕の剣客でも腕を発揮することはできません」

「いかにもその通りじゃな」

　定信も納得したようにうなずいた。

「これから、大納言さま、世直しを掲げられいかなることをなさるのでしょうか。滅多やたらと罪人を斬ってしまえばよいものではございません。それと、どうして世直しなどなさる気になられたのでしょう」

「あのお方のことだ。決して善意だけからではあるまい。天下の楽に先んじて楽を求めるお方じゃ。まさかとは思うが世直しを楽しむつもりかもしれぬな」

「なるほど、楽しみですか。楽しみの先に期待するものは大御所就任ということかもしれませぬ」

　源之助が言ったところで、

「そなた、改めて頼む。一橋大納言殿と大曽根一派の動きを探ってくれ」

　影御用である。

　全身に熱い血潮が駆け巡った。

　それにしても、相手は将軍の実父、ひょっとしたら大御所になるかもしれない大物なのである。

その頃、宗方彦次郎は母屋《おもや》の居間で深いため息を吐いた。

着物を質に入れ、最早、金目のものはない。ため息混じりに大刀を見やった。

抜いて白刃を見る。

打ち粉を付け、懐紙で入念に拭く。刃紋が匂い立つような輝きにしばし見入った。

これは最後の最後だ。

刀は武士の魂とはよく言うが、いざ手離すとなるとその思いがひしひしと伝わってくる。

するとやおら、襖が開いた。

亜紀が思い詰めたような顔で立ち尽くしている。

「どうした」

努《つと》めて冷静に尋ねた。

「その刀、いかがされるのですか」

暗い目で亜紀が問うてきた。

「どうもせぬ。手入れをしておったただけだ。それより、そなた、身体に障るぞ」

優しく彦次郎が答えると、

「質にお入れになるのですか」

亜紀は倒れ込むようにして彦次郎の前に座った。

「そのようなことはせぬ」

強く否定したものの、

「わたくしに嘘は申されますな」

訴えかけるような眼差しで彦次郎を見つめる亜紀に、

「致し方あるまい」

彦次郎は呟くように答えた。

「いけませぬ。刀は武士の魂。魂を質に入れることは武士を捨てることでございます」

「その通りじゃ。しかしな、武士である前に一人の人間として生きてゆかねばならんのだ」

諭すように彦次郎は言った。

「そうであっても、刀を質に入れることはなりません」

両目に涙を溜めて亜紀は言った。

彦次郎がうなずくと、

「申し訳ございません。わたくしのせいでございます」

震える声で亜紀は言い置くと、部屋から出て行った。

彦次郎はため息を吐いた。

亜紀、わかってくれ、こうするしかないのだ。心の中で詫びた。

静まり返った居間に座り続けていると、胸騒ぎがする。

彦次郎は立ち上がり、部屋を出ると寝間へ向かった。

閉じられた襖を開ける。

亜紀が懐剣を持ち、まさしく胸を突こうとしていた。

無言で彦次郎は亜紀の手を取った。

「離してください」

亜紀は激しく抗《あらが》った。

「ならん」

手から懐剣を取り上げ、畳の上に放り投げた。亜紀は畳に伏せ、声を上げて泣き始めた。ひとしきり泣くと半身を起こして涙をすすりあげ、

「わたくしのためにあなたは武士を捨てようとなさりました。わたくしがいてはあなたは武士ではなくなるのです。あなたの足でまといとなった女など、これ以上いては駄目です。あなたを亡ぼしてしまいます」

彦次郎は亜紀の顔を上げさせ、

「そんなことはない。わたしはもう一度申すが武士である前に一人の男として、一人の女の生涯に責任があるのだ。よいか。これはな、誰になんと言われようが、わしの信念なのだ」

彦次郎は言った。

「お言葉、お気持ち、大変にうれしゅうございます」

亜紀は言葉を詰まらせた。

「わかってくれたか」

彦次郎が問いかけると、

「わかりました。ですが、わたしは勝手なことを申しますが、あなたに武士は捨てて欲しくはないと存じます」

亜紀はすなわち、刀を質に入れることには強い抵抗があるようだ。

「わかった」

ここで否定すれば亜紀は自害するだろう。これ以上、亜紀に負い目を感じさせてはならない。

しかし、現実には金を工面しないことにはどうしようもない。

「薬、飲めよ」

彦次郎が声をかける。

亜紀は断ることはなかった。彦次郎に悪いと思っているのだろう。亜紀は素直に飲んでくれた。

「休め」

優しく言う。

亜紀は布団に身を横たえた。やがて安心したのか、静かな寝息を立て始めた。すやすやと寝入る亜紀の寝顔を見ると、どうしようもできない情けなさが胸をつく。

すると、そこに文が届けられた。

大曽根一龍斎からの誘いに違いない。

断ってからも三日に空《あ》けず、誘いの連絡を寄越してくる。

今も断ろうと思ったが、断りの言葉が出て来ない。逡巡する彦次郎に使いの男が、

「大曽根先生が是非にももう一度、今度は剣についてじっくり語りたいとおおせでございます」

と、熱心な誘いかけをしてきた。

「いや、それは」

言葉を飲み込んだ。

断ればいいのだ。

しかし……。

「いかがでござりましょう」

使いの男は執拗であった。


左右田は大曽根の雑用を引き受けることになった。

大曽根から言われた言いつけは、薪割だの掃除だのといった文字通り雑用であったが、今日は特に、

「神田の道場主宗方彦次郎へ使いに立て。そして、必ずや宗方を日本橋の料理屋桔梗屋に連れてまいるのだ」

と、きつく命じられた。

大曽根がこれと目をつけた宗方彦次郎という男への興味が募る。

「宗方彦次郎という男、暮らしには困っておるが、武士としての矜持を失っておらぬ男だ。滅多なことで誘いに応じない。そこをなんとしても連れて来るのじゃ」

大曽根に厳命されてやって来たのである。

「宗方先生、何卒、お願い致します」

強い調子で左右田は繰り返した。

「今更、剣の話などござらん」

彦次郎は断るには断ったが、その言い方には迷いがあると左右田は見て取った。

「何も固い話ではございません。大曽根先生は、宗方先生を真の剣客であり、まさしく剣について深い話ができると思っておられるのです」

「大した話はできぬ」

「剣の話の他に宗方先生に頼みたいことがおありとのことにございます。大曽根先生はご覧になられたようにご高齢、それゆえ、思うように出稽古に出向けぬ大名、旗本屋敷があります。それらの武家屋敷への出稽古の手伝い、是非とも宗方先生にお任せできぬかとお考えなのでござる」

「出稽古の手伝いでござるか」

彦次郎の目がわずかだが見開かれた。

出稽古であれば、道場主としての職務を逸脱するものではない。世直しと称して不正を働く幕府役人と幕府役人に群がる商人どもを成敗する、などという大風呂敷の怪しげな仕事とは違う。

剣の指導であれば、胸を張って引き受けられるのだ。それに、たとえ依頼主である大曽根一龍斎が怪し気であろうと出稽古を行うのは武家屋敷なのだ。

「いかがでござろう」

左右田は強い眼差しで見た。

「そうだな」

考える風に彦次郎は言ったが、

「来てくだされ」

強く左右田に誘われる。

すぐにも応じたいが誇りが邪魔をする。餌をぶらさげられてほいほいと食いつくような気がしてしまう。

いかん、それは見栄《みえ》というもの。

武士の魂たる刀を質入れしようとした自分が見栄など張っている場合かと己を叱責した。

しばし、沈黙の後、

「わかりました。お伺い致そう」

彦次郎は了承した。

四

桔梗屋で待ち構える大曽根と橋本に左右田は会った。

「いかがであった」

橋本が問いかけてきた。

目には蔑みの色が浮かび、左右田を内心で侮蔑していることがよくわかる。左右田は、

「宗方彦次郎、大曽根先生に会いにまいります」

と、報告した。

「まことか」

疑わし気に橋本は返したが、

「いかなる手を使った」

大曽根は興味を示した。

「宗方は暮らしに困っておるとのことでございましたから、先生の出稽古を手伝うと

いうことにしました」

左右田が答えると、

「貴様、勝手なことを申しおって」

橋本がいきり立ったが、

「そうか、それでよし」

大曽根は受け入れた。

「しかし、先生……」

橋本が危惧を示した。

大曽根は橋本の危惧を読み取り、

「わしに出稽古先などないと言いたいのであろう」

橋本は師を侮蔑することになると思ったのか口をつぐんだ。

左右田は驚きの目をし、

「先生ほどの剣客、教えを乞う者が多いのではございませんか」

「わしは生涯、師を持たず弟子を取らずを貫いてまいったゆえな、道場も出稽古も行ったことはない」

大曽根は言った。

「では、それほどの剣、いかにして磨き上げられたのでございますか」

左右田は驚きの表情のまま問いかけた。

大曽根は静かな口調で語り出した。

「わしは、鞍馬の山中で生まれ育った。修験者と共に日本中の山で修行を積み、真言密教を納めた。真言密教の瑜伽《ゆが》の瞑想を取り入れ、宝生一念流を創始した。その後、都に戻り御所で行われた天子さま、親王さまの御前試合にて優勝を果たし、閑院宮《かんいんのみや》典仁《すけひと》親王さまにお仕えしたのじゃ。天明《てんめい》七年（一七八七）、わしが五十の時であった」

懐かし気に大曽根は目元を緩ませた。

しかし、それも束の間のことでじきに表情が険しくなった。いぶかしむ左右田を見ながら、

「閑院宮さまはとてもお優しいお方であった。貴賤の隔てなくわしにも気さくに話しかけてくださった。学問に秀で、書が達筆であられた」

閑院宮典仁親王の六男は後桃園《ごももぞの》天皇が男子を残すことなく崩御したため急遽即位し光格《こうかく》天皇となった。光格天皇は実父閑院宮を上皇《じょうこう》にしたかったが、松平定信の反対により実現しなかった。定信は一橋治済の大御所就任同様、天皇位になかった閑院宮に上皇となる資格はないと断じたのだった。

「閑院宮さまは無念の思いで亡くなられた。寛政六年（一七九四）のことじゃった。わしは宮さまの無念を抱きながら再び剣の修行に出た。山野に身を置き、世俗とはかけ離れた暮らしをした。宮さまを偲ぶと共に、世の中が嫌になったからじゃ。ところが、今年になり、憎き松平越中守の勢威が衰え、一橋大納言さまのお力が目を見張る勢いと耳にし、江戸に下ってまいった。大納言さまが目黒《めぐろ》で鷹狩をなさった際に、知己を得た。閑院宮さまにお仕えしておったわしを大納言さまは快く受け入れてくださった……。おおっと、余計なことを語ってしまったな。歳を取ると昔語りをしたくなっていかんわ」

大曽根は失笑を漏らした。

大曽根の素性が明らかとなり、左右田は悄然となった。

大曽根一龍斎、想像以上に恐るべき男だ。一橋治済との出会いも、信頼を得た理由もわかった。

上皇になろうとしてなれなかった典仁親王、大御所になりたくてなれなかった治済、共に松平定信の妨害で実現しなかった。

閑院宮の無念を背負った大曽根と治済は定信憎しの一念で一致しているのだ。

背後関係が明らかになった。

が、明らかになって左右田は大曽根への敵対心が薄れていった。とても勝てる相手ではない。ならば、内偵などしても無駄ではないか。火盗改の上役に報告したところでどうしようもない。

どうする……。

大曽根の許を去るか。

いや、去りたくはない。この男がやることをこの目で確かめたくなった。内偵ではなく、野次馬根性でもなく、大曽根一龍斎という妖怪の所業を見、ついて行きたいのだ。

それはとりもなおさず、大曽根に取り込まれていることを意味しているが、左右田は構わないと思った。

「出稽古を任せるなどと勝手なことを申しおって」

不機嫌となった橋本が言葉を荒らげた。

「申し訳ございません」

左右田が詫びたところで、

「もうよい。そなたの申した出稽古、思わぬ功名となりそうじゃ。近日中に大納言さまの世直しに賛同する旗本の子弟が百人ほど集まる。それら旗本どもの稽古を宗方につけてもらおう」

左右田や橋本は知る由もないが一橋治済に語った彦次郎の活用法を大曽根は言った。

左右田は深々と頭を下げた。


半時ほどして、彦次郎は桔梗屋へとやって来た。

既に大曽根が待っている。大曽根はにこやかに彦次郎を迎えた。

「よく、来てくだされたな」

豪華に並ぶ食膳を目の前に大曽根は礼を述べ立てた。

彦次郎はどう返事をしていいかわからず、口を閉ざしたまま一礼を返す。

「わしはな、江戸にまいるまでは京の都におった」

大曽根は言った。

「以前にもお聞きしました」

今更何を言っているのかと宗方は戸惑った。

「よって、江戸は見知らぬ土地」

「では、世直しというのはいかなることでござるのか。見知らぬ土地で世直しなどできるものではござらん」

彦次郎は警戒心で一杯になった。

「貴殿が疑うのも無理はないな」

大曽根はからからと笑った。

「まこと世直しなどお考えか」

「考えておるとも。わしはな、この世の上っ面《うわつら》は善人面であっても、その実は不正な者を山ほど見てきた。道場破りを続けてそのことがよくわかった。偉そうに看板を掲げておっても、その実は情けなき未熟者がなんと多いことであったろう。そんな中から本物を選び出し、偽りに満ちた世を正すのじゃ」

大曽根は言った。

「それは、大した志とは存じますが、わたしはそのことに加わる気はないと断ったはず。本日、まいりましたのはお使いの方より大曽根殿の出稽古を手伝うよう頼まれたからでござる」

「いかにも、左右田はそのように申したようじゃ。じゃが、わしに出入り先はない。よって、出稽古の手伝いはしてもらえぬ。わしが貴殿に手伝ってもらいたいのはあくまで世直しじゃ」

平然と大曽根は続ける。

「それは以前にもお聞きしましたし、お断りもしました」

「その時は具体的には申さなかったのだが、これからわしの企てを語る」

礼儀だと彦次郎は背筋を伸ばし、大曽根の言葉を待つ。

「わしは、目下《もっか》、公儀の要職にある者の中から、不当なる賄賂《わいろ》を受け取っておる者を炙《あぶ》り出しておる。それらの者は町奉行所の手が及ばない者たちじゃ」

ここで大曽根は言葉を止めた。

「炙り出した者を成敗しようというのですか」

「いかにも」

大曽根はうなずく。

「以前にも申しましたがそんなことをして、ただですむと思っておられるのか」

「世直しのためじゃ」

「町奉行所や御公儀が黙ってはおらぬと存ずる」

「むろん、承知の上。しかし、我らに手出しはできぬ」

「何故でござるか。今こそ、お聞かせください。大曽根殿の後ろ盾になってくださるお方はどなたですか」

彦次郎が迫ると、

「一橋大納言さまである」

勿体《もったい》をつけるように大曽根は厳《おごそ》かな口調で告げた。

ところが彦次郎は不快感を抱き、

「なるほど、一橋大納言さまの狐《きつね》の威を借りようというのか」

言葉を荒らげてしまった。

大曽根は黙る。

「大納言さまは何故世直しなどなさろうというのでござるか。世直し、すなわち上《うえ》さまの政《まつりごと》を否定なさるというのでござるか」

言葉の裏には一橋治済が将軍家斉の実父であり、実父が息子たる家斉の治世を批判することになる。そんなことを治済が行うとは思えない。

「上さまは、これまで、白河楽翁、すなわち松平越中守定信のくびきにあったのじゃ。今の世は松平定信が作った世である。あの者、質素倹約、贅沢華美を嫌うなどと言いながら、その裏の顔はひどいものじゃ。それが証拠にあの者の息のかかった者どもが横暴をつくしておるのじゃ」

「不正を糾すこと、すなわち松平定信の政を正すということだな」

彦次郎は言った。

「そういうことじゃ」

「わたしは政には興味はない」

彦次郎は言った。

「政に関心がなくとも、世直しはできる」

「世直しではなく、松平定信さまの世を直すということでござろう」

彦次郎は言った。

「そういうことだ」

大曽根は言った。

五

沈黙が続いた後、

「腹を割ったのじゃ」

大曽根は言った。

「なるほど、それでわたしに仲間になれと。一体、そこまでわたしを見込むわけを知りたい。腕を見込んだということでござったが、それだけでは納得できぬ」

彦次郎は言った。

「もっともじゃな」

大曽根はうなずくと、

「そなたの武士としての矜持に惚れ込んだ。そなたなら、立派な剣客を育てることができよう。よって、そなたには出稽古ではなく、一橋大納言さまの隠居屋敷に参集する旗本の子弟、約百人の稽古をつけてもらいたい」

「不正役人の成敗ではないのですな」

念押しすると、

「武士に二言《にごん》はない」

大曽根は彦次郎の目を見据えて答えた。

「わかりました」

彦次郎は驚きを禁じ得なかった。

「そなたに賭けるわしの思い、わかってくれたか」

大曽根は声を励ました。

彦次郎は返事ができない。

「ここまで申したからには、わしも後には引けぬのじゃ」

大曽根が言うと、

「承知しました。旗本の子弟方の稽古、お引き受け致します」

「ならば、これを受け取るがよい」

大曽根が紫の袱紗に包まれた百両を差し出した。彦次郎が躊躇《ためら》いを示すと、

「わしからではない。一橋大納言さまからじゃ。大納言さまはそなたに旗本の子弟を託すおつもりなのじゃ。大納言さまの思い、受け取るがよい」

大曽根は強く言った。

一橋治済からの期待の大きさを知り、一人の剣客として、町道場主として胸が熱くなった。

「頂戴つかまつる」

彦次郎は百両を受け取った。

懐に入れると、ずしりとした重みと共に安堵の気持ちが胸に浮かんだ。

夕刻、西陽差す中、彦次郎は道場に戻った。

亜紀が出迎えてくれた。今まで何処へ行っていたのかと目で訊いてくる。視線が腰に移ったのは刀を質に入れていないかを見定めているからだろう。

安堵の表情を浮かべて受け取った。


「これを頼む」

安心させるように刀を鞘ごとぬいて亜紀に預けた。亜紀は心持ち、安堵の表情を浮かべて受け取った。


廊下を進み、居間に至った。

寝ておれと言ったところで、亜紀は彦次郎への心配が先に立ち、それどころではないのだろう。亜紀を安心させることが一番である。

「本日、よい仕事を得ることができた」

彦次郎は言った。

「どのようなお仕事なのでございますか」

亜紀は心配そうだ。

「いくつかの旗本屋敷でな、出稽古にまいることになった」

彦次郎は言った。

「まあ、どうしてそのような……」

亜紀はいぶかしんだ。

「これが、信じられぬことにな」

彦次郎は作り話をした。話をしているうちに罪悪感がいつの間にか去ってゆく。いつしか、作り話が真実のように思えてしまった。すると、亜紀も疑いが氷解したようで顔に笑顔が浮かんできた。

「それでだ」

懐中から紫の袱紗包みを取り出し、亜紀の前に置いた。

亜紀はそれを押し戴くようにして受け取った。彦次郎の目頭《めがしら》が熱くなった。亜紀の姿を見て自分の情けなさと欺いた罪悪感が込み上がってきたのだ。

「ありがとうございます」

亜紀は素直に喜んでくれた。


明くる十一日の昼下がり、源之助の居眠り番に一人の女が訪ねてきた。

「これは、亜紀殿」

源之助は亜紀を中に招き入れた。

亜紀は辞を低くして入って来た。

「すっかり、お元気そうですな」

実際、亜紀の顔色はよくなっている。艶めいた顔付きが何よりもうれしい。

「ありがとうございます」

亜紀はまずは礼を言った。

「わたしに礼を言われることではない。それより、彦次郎、達者ですか」

「それが」

亜紀は心配顔になった。

どうやら、源之助を訪ねて来たのは彦次郎のことが心配だからなのだろう。

「いかがされた」

源之助が問いかけると、

「ちょっと、心配なのです」

亜紀は言った。

「何がありましたか」

「出稽古の仕事の前金で百両を頂いたのです」

亜紀は言った。

「それは結構な話のような気がするが、亜紀殿としてはそれが信じられないということでござるな」

「はい。主人を疑うことは武家の妻としては失格とは思いますが、どうしても納得できないのです。急に天から舞い込んだようないい仕事があるものでしょうか」

亜紀は面を伏せた。

「それをわたしに確かめて欲しいとおっしゃるのですな」

源之助は言った。

「まことに、お手数をおかけしますが、どうぞ、よろしくお願い致します」

亜紀は両手をついた。

「どうぞ、手を挙げてください」

源之助は亜紀に言った。顔を上げた亜紀の顔は心配に彩られ、それは哀れなものであった。

「亜紀殿、彦次郎は決して間違ってはいないと思います。彦次郎は決して武士としての矜持を失うようなことはしないと存じます。亜紀殿、彦次郎のことを信じてくだされ」

改めて源之助は言った。

「ありがとうございます」

亜紀は深々と頭を下げた。

亜紀が出て行ってから、不安の影が源之助の胸を過《よぎ》った。

彦次郎、大曽根に取り込まれたのではないか。いや、そんなはずはない。あの彦次郎が金のために大曽根のような男の手先になるとは思えない。

「宗方彦次郎、一体、何があったのだ」

源之助は呟いた。

その頃、矢作は左右田と本所の稲荷で会っていた。

「左右田殿、何か探索の成果はありましたか」

矢作が尋ねると左右田は心持ち誇らしげな表情となった。

「大曽根の素性がわかったのです」

左右田は大曽根が閑院宮に仕えていた青侍《あおざむらい》であったことを語り、閑院宮の悲願であった上皇就任を阻止した松平定信憎しの一念で一橋治済と結びついたことを語った。

「それはまた、ずいぶんと奥深いものがあったのだな」

矢作は驚きを禁じ得なかった。

「わたしもあまりのことに、しばし、呆然としました」

左右田は言った。

「随分と大物が後ろ盾となっていると思ったが、そんな背景があったとはな。わかった。あとはどうするかだ」

矢作は言った。

「わたしは大曽根の懐に飛び込みましたので、これから大曽根が何をしでかすのか、この目で確かめとうござる」

左右田は断固とした決意を示した。

「おれも探索を行う」

「矢作殿、町方は動くなという指示が出ておるのでござろう」

「だからといって、何もせぬわけにはいかん」

矢作も言う。

「それはそうでしょうが」

「このまま引き下がっては町方の名折れですよ」

矢作は笑った。

しかし、どうすればいいのか見当もつかない。

蔵間源之助なら……。

源之助ならどうするだろう。

矢作は身を引きしめた。

第四章　天罰組蠢動《しゅんどう》

一

十五日の晩のことだった。

築地の松平定信の屋敷から一丁の駕籠が出て来た。前後を警護の侍が十人ほど付き従っている。満月に煌々《こうこう》と照らされた往来の両側に連なる松並木の枝が、身を切るような寒風に葉擦れを起こしていた。

松の木陰から橋本右京が飛び出した。続いて侍が十人ばかり姿を現す。みな揃いの真紅の胴着姿だ。

駕籠が止まった。

警護の侍の一人が前に進み出て、

「道を開けよ」

と、高圧的な物言いで橋本らに言い放った。

橋本は胸をそらし、

「若年寄工藤壱岐守《くどういきのかみ》殿の駕籠とお見受け致す」

と、言い放った。

警護の侍が、

「その方ども、何用ぞ。若年寄の行く手を阻むとは、狼藉《ろうぜき》も大概にせよ」

「商人と組み、私腹を肥やす工藤壱岐守に対し、我ら天罰を下すものである」

橋本は言い放った。

「無礼者！」

侍が怒声を放ったところで駕籠の引き戸が開き、工藤が出て来た。

「わしが不正をしたと申すか」

工藤が叫び立てると、警護の侍たちが駕籠に戻るように進言する。しかし、工藤は怒りの形相で、

「その方ども、名乗れ」

橋本が応じ、

「我ら天罰組だ」

大音声《だいおんじょう》で答えるや、他の者たちが雄叫びを上げた。

真紅の胴着という異様な風体《ふうてい》、加えて望月《もちづき》に届かんばかりの天罰組の気合いに工藤一行はたじろいだ。

それでも気圧《けお》されまいと、

「何が天罰組だ」

工藤が吐き捨てると、侍たちも強がって哄笑《こうしょう》を放った。

「法の手が及ばぬことをいいことに、私腹を肥やす者へ天罰を下す」

橋本は抜刀した。

残る十人も刀を抜く。白刃が月光を弾き、不気味な煌めきを放つ。

警護の侍も抜刀しようとしたが、機先を制し橋本が白刃を掲げて飛び出し、先頭の侍を袈裟懸けに斬り下げた。鮮血が飛び散り、侍たちが浮き足立つ。警護の侍たちが応戦する暇《いとま》もなく橋本たちは烈風の勢いで工藤に襲いかかる。

工藤を守るために侍が駆け付ける前に工藤は首を刎《は》ねられた。

周囲は血の海となり、無残な亡骸《なきがら》が転がった。

橋本が、

「左右田」

と、呼ばわった。

左右田が出て来た。

「工藤の首を持ってまいれ」

橋本に命じられ左右田は路上に転がる工藤の首を両手で持って来た。

「湊屋《みなとや》の方も手抜かりはないいな」

橋本に言われ、

「抜かりございません」

左右田ははっきりと答えた。

「ならば、手筈通りにせよ」

「承知しました」

左右田は答えた。


次の日、十六日の朝、築地界隈は騒然たる雰囲気に包まれていた。

牧村新之助と源太郎は工藤殺害の現場へとやって来た。

松の枝に工藤の首がぶら下げられていた。髷《まげ》を枝に括《くく》られ、脇に木札が立てかけられている。そこには公儀普請として行われた江戸城内の補修工事に使用される材木納入につき、工藤が材木問屋湊屋に便宜を図ったことが記されていた。

「よって、天罰を下す、天罰組、か」

源太郎は木札を読み上げた。

「何が天罰組だ」

新之助は吐き捨てた。

往来に無残に斬り捨てられた侍たちの亡骸を見ながら源太郎もうなずく。

さながら地獄絵である。

冷たい潮風に血の匂いが混じり、無残な光景と相まって源太郎がえずいたところへ京次がやって来た。

「湊屋の主人伝兵衛《でんべえ》の亡骸が見つかりました」

ここから一町ほど離れた松の木の下に伝兵衛の斬殺死体が横たわっていたそうだ。

「亡骸の胸の上に紙が置いてありました」

湊屋伝兵衛、若年寄工藤壱岐守とつるんで私腹を肥やした、よって天罰を下したと記してあったそうだ。

「天罰組の仕業《しわざ》に間違いありません」

源太郎が言うと新之助は唇を噛んだ。

「天罰組、大曽根一龍斎が作った組、この横暴を放っておけるのですか」

源太郎はつい責めるような口調で新之助に迫った。

「若年寄さまを斬ったのだ。御公儀とて黙っているはずはない」

絞り出すようにして新之助が言う。

「これで、なんのお咎めがないようでは、御公儀の面子《メンツ》に関わりましょう」

源太郎が言った。


京次は築地の自身番に運ばれた湊屋伝兵衛の亡骸の番をしていた。店の者が伝兵衛の亡骸を引き取りに来る。程なくしてやって来たのは年輩の男で湊屋の番頭で清蔵《せいぞう》と名乗った。

清蔵は寒さの中、額から汗を滴らせ駆け込んで来た。伝兵衛の亡骸を目《ま》の当たりにすると、手を合わせることも忘れて呆然と立ち尽くした。


その頃、矢作も殺害現場にいた。

日本橋の料理屋桔梗屋が殺害現場であった。

離れ座敷で普請奉行木村左衛門介《きむらさえもんのすけ》が斬殺されていたのだ。

矢作は桔梗屋の主人惣五郎《そうごろう》から昨晩に起きたことを聞いた。

まさしく戦慄すべき話であった。


昨晩、木村は離れ座敷で一人、酒を飲んでいた。材木問屋湊屋伝兵衛から誘われてのことである。

待ち合わせの刻限を過ぎても伝兵衛は現れない。木村は苛立ちを押さえていた。するとそこへ、一人の侍がやって来た。

木村は知る由もないが左右田健三郎である。

左右田は木村の前に座った。

怪訝な表情を浮かべる木村に向かって、

「木村さま、木村さまの罪状をここに記してございます」

左右田は書状を木村の前に置いた。

木村はむっとしながらも書状を読み上げた。そこには、湊屋伝兵衛と組んだ、江戸城修繕に必要な材木を任せるにあたって、巨額の賄賂を受け取ったことが記してあった。江戸城の櫓《やぐら》を修繕するに当たって若年寄工藤壱岐守が総責任者となり、材木の調達を行った。その際、工藤と木村に接近してきたのが湊屋伝兵衛であった。伝兵衛は材木の発注を得るために工藤には百両、木村には五十両を贈ったという。

「これは当方が調べましたことでござる」

左右田は言った。

「おまえ、何者であるか」

木村はむっとした。

「火盗改同心左右田健三郎、いや、天罰組密偵左右田健三郎でござる」

「天罰組だと」

木村は目をしばたたかせた。

「いかにも天罰組でござる。法が及ばぬことをいいことに、私腹を肥やす者どもに天罰を下すものでござります」

左右田は言った。

「何を馬鹿なことを申しおって。下がれ、下郎《げろう》」

居丈高に木村は声を放った。

「天罰、下しますぞ」

左右田が言うと、

「やれるものならやってみせい」

木村は立ち上がった。

「失礼致します」

やおら、左右田はくるりと背中を向けて座敷を出た。

「口ほどにもない奴め」

木村も座敷を出ると濡れ縁に立った。

左右田の姿はなく、離れ座敷の周囲に敷き詰められた白砂に、一人の老人が立っていた。肩まで垂らした白髪、真紅の胴着に身を包んだ異形《いぎょう》の侍だ。

「何者じゃ」

木村の問いかけに、

「天罰組首領大曽根一龍斎じゃ」

大曽根は答えた。老人らしいしわがれた声音であるが、はっきりと木村の耳には届いた。

「ふざけおって」

木村は足袋《たび》のまま庭に下り立った。

「木村左衛門介、天罰を下す」

高らかに大曽根は宣言した。

「やれるものならやってみろ」

木村は脇差に手をやった。大刀は刀部屋に預けてある。

すると、

「左右田」

大曽根が呼ばわり、左右田が大刀を持って来て、木村に渡した。木村は戸惑いながらもそれを受け取る。

「わしはな、天罰を下す者じゃ。よって、丸腰の者を斬るという卑怯な真似はせぬ」

大曽根は左右田に目くばせした。

左右田が長寸の大刀を持って来た。それは、刀というよりは太刀である。とても、老人が振るえるような代物《しろもの》ではない。大曽根はよろよろと近づき、太刀の柄《つか》に両手を添える。左右田が鞘を両手で摑んだ。

大曽根は太刀を抜いた。

刃渡り三尺はあろうかという大太刀である。それを手に木村と対する。

木村は両目を吊り上げ、大刀を大上段に構えた。

大曽根はふらふらと身体を左右に揺らす。それはあたかも木村を翻弄するが如き小馬鹿にした動きである。

「おのれ」

怒りを募らせ、木村は大上段から刀を振り下ろした。

大曽根はふわりと大刀を避け、大太刀を頭上で振り回した。

次の瞬間、血飛沫《ちしぶき》が白砂に飛び散り、木村の胴は切り裂かれた。

「うう」

苦悩の悲鳴を上げたのも束の間、木村は白砂にどうと倒れた。

十五夜の月に浮かぶ大曽根の胴着が血の色のようであった。

二

矢作は木村の亡骸の脇に立った。

凄まじい一撃を目の当たりにする。これで二度めだ。大曽根の腕の凄まじさに慄然となる。

主人惣五郎は、斬ったのは大曽根に間違いないと証言し、大曽根が現れる前に若い侍が木村と話していたことも付け加えた。

若い侍とは左右田健三郎のことだろう。

左右田、大曽根の懐に入り込んだのはいいが、手先となっている。もっとも、内偵の一環と考えられなくもないが……。

左右田のことも気がかりだが、大曽根一龍斎め、矢作の怒りが爆発しそうになった。

亡骸を検めた後、桔梗屋を出た。

すると裏口に左右田の姿があった。矢作と目が合い、

「お主、大曽根の懐に飛び込んでおるのだな」

矢作が問いかけると、左右田はうなずき、昨晩の様子を語ったのだった。

「すると、木村さまが湊屋伝兵衛から賄賂を受け取っていたというのはまことか」

矢作が問いかけると、

「間違いありません」

左右田ははっきりと答えたものの顔は曇っている。

「何か問題があるのか」

矢作は左右田の疑念を敏感に感じ取った。

「木村さま、確かに賂《まいない》を受け取ってはいたのだ。しかし、五十両という金はいかにも少額だ」

「金額の多寡《たか》ではないだろう」

矢作の反論に、

「それはそうですが、その五十両とても、伝兵衛が無理やり受け取らせたものです」

「それは木村さまが湊屋のために便宜を図ったからではないのか」

「便宜というほどの大したことを木村さまはやっておりませぬ。入れ札によって湊屋は材木の発注をつかんだのです。湊屋は御公儀からの発注が決まってから木村さま、そして、若年寄の工藤さまに近づいていったのです」

「そうか、するとどういうことなんだろうな」

「大曽根は木村さまの不正をどんなに些細なことでもいいから嗅ぎ回ることを求めました。木村さまばかりではありません。若年寄工藤壱岐守さまの身辺も洗うよう言われたのです」

左右田は工藤の身辺を嗅ぎ回ったが、

「さすがは、松平定信さまに将来を嘱望されたお方で、それは仕事熱心なお方でありました。伝兵衛から百両贈られたのは、工藤さまの留守中であったのです。工藤さまは返すおつもりだったようです」

「それじゃあ、大曽根は工藤さまと木村さまの罪を作り上げたかったのだな」

「その通りです。ご丁寧にも二人の罪状を裏付けるために、伝兵衛に偽りの白状をさせました」

左右田はがっくりとうなだれた。

その姿を見て矢作は悟った。

「口を割らせた、いや、嘘の自白をさせたのは貴殿か」

矢作の言葉に左右田は力なく首を縦に振り、

「拷問を加えてしまった」

と、天を仰いで絶句した。

「火盗改の拷問はすさまじいからな」

矢作は呟いた。

左右田は小さく首肯した。

「そのこと、火盗改のお頭に報告すべきだな」

「むろんそのつもりですが」

左右田の表情が曇った。

「まさか、お主、大曽根の手先となったのではあるまい」

ずばり矢作が問い質すと、

「そんなことはござりませぬ」

否定し左右田は去って行った。背中が丸まっているのは寒さのためばかりか、嘘を吐いた罪悪感が原因なのではと矢作は勘ぐった。


一方、源太郎と新之助は京次の案内で築地の自身番に運び込まれた伝兵衛の亡骸を検《あらた》める。脇で番頭の清蔵が正座をして控えていた。うつろな目で黙り込んでいた。伝兵衛も袈裟懸けに斬り下ろされていたが、その身体には無数の生傷があった。殴る蹴るの暴行を加えられた痕だ。

「天罰組に拷問されたのではないでしょうか」

源太郎が言うと、

「おそらくはな」

新之助もうなずく。

「ということは、伝兵衛が白状した工藤さまの罪状は偽りなのかもしれません」

源太郎の考えに新之助もうなずいた。

「大曽根、これでも野放しにしておかれるのですか。いよいよ、大曽根の天罰組は動き始めました。今のうちに歯止めをかけないことには、奴らはとんでもなく暴走をしますぞ」

「わかっておる」

新之助は悔しさを噛みしめるようにしてうなずいた。

「ならば、いかがするのですか」

目を三角にした源太郎の焦りをいなすように、

「任せておけ」

新之助は答えたものの、言葉に力が籠っていない。源太郎も新之助を責めるのはお門違《かどちが》いと思い黙り込んだ。


幕閣は大曽根の天罰組に対してなんの処罰も加えようとはしないまま日が過ぎた。

二十日の朝となり、持って行き場のない怒りに駆られ、源之助は宗方道場に向かう途中、一枚の読売を買った。そこにはでかでかと天罰組のことが書き立てられてあった。

天罰組は若年寄、普請奉行という幕府の要職にあるがゆえに、商人から莫大な賄賂を受け取ってもなんら処罰を受けない工藤壱岐守と木村左衛門介を幕府に代わって天罰を下したことが記してある。

読売を読んだ者たちは湧き立った。幕府のお偉いさん、私腹を肥やした悪党が退治されたことに喝采《かっさい》を叫んでいる。

まさしく、天罰組は華々しい活躍を始めたのだった。

何も知らない町人たちが熱狂するほど、怒りと共に自分の無力さを思い知らされる。

「おのれ」

源之助は歯嚙みした。

大曽根一龍斎、いや、一橋治済の思うつぼである。

源之助は宗方道場にやって来た。

玄関には回らず、母屋を覗こうと裏口に行く。天水桶の陰に身を潜ませ彦次郎を待つ。

小半時ほどして彦次郎が出て来た。

彦次郎のあとを追う。

友人の素行を調べるとはなんとも後ろめたかったが、そんなことは言っていられない。

彦次郎は大曽根に取り込まれたかもしれないのだ。その場合、工藤壱岐守と木村左衛門介殺害に彦次郎が加わっているのかもしれない。

強い不安を抱きながら源之助は彦次郎のあとをつけた。

彦次郎は天雲閣こと一橋治済の隠居屋敷の裏門から中に入って行った。裏手を見回す。延々と延びる、練塀から枝を伸ばす松を見つける。往来を行き来する者はいない。

これ幸いと源之助は枝に飛びついた。枝に跨《またが》るとそっと裏庭に降り立つ。

すぐに、

「腰を定め、力強く振れ。木刀は腕だけではなく、腰で振ると心得よ」

という彦次郎の声が聞こえた。

声の方には道場があり、道場の前で彦次郎が百人はいようかという侍たちに稽古をつけていた。

「気合いが足りんぞ」

彦次郎は凄まじい形相で稽古をつけている。

出稽古というのは嘘ではない。しかし、一橋治済の屋敷ということが気にかかる。

この者たちはやがて天罰組に編成されるのだろう。彦次郎は天罰組養成の係を担っているのだろう。

少しだけ安堵した。

彦次郎は工藤、木村、伝兵衛の殺害に関わってはいないようだ。

だが、大曽根とて彦次郎をいつまでも剣術の稽古をつける仕事のままにはしておくまい。

天罰組に加わる前に彦次郎を連れ戻さねば。

源之助はそれを見定めると、大急ぎで日本橋へと向かった。

日本橋長谷川町《はせがわちょう》にある履物問屋杵屋《きねや》の母屋《おもや》にやって来た。

主人の善右衛門《ぜんえもん》とは筆頭同心の頃から懇意にしている。町《ちょう》役人を務める善右衛門は誠実な人柄で、源之助とは八丁堀同心と商人という垣根を超えた仲で、ここ数年は碁《ご》敵《がたき》でもあった。

「これは、しばらくでございましたな」

善右衛門がにこやかに声をかけ、居間の隅にある碁盤を持って来た。

源之助は、

「善太郎はおりますか」

「今、お得意回りをしております。間もなく帰って来るかと」

善右衛門は答えてから息子になんの用かと目で問いかけてきた。

「一緒にお得意開拓をしたくなりましてな」

源之助は言いながら碁石を並べた。善右衛門はそれ以上は問いかけることなく白石を取る。

源之助は黒石を取って盤を見下ろした。


始めると、夢中になって碁にのめり込んでしまった。

やがて、対局を終えようとしたところで善太郎が戻って来た。

「おお、よく帰って来たな」

源之助が迎えると、善太郎は風呂敷包を置き、

「天罰組、大した評判ですよ」

読売を片手に天罰組の話題でもちきりだと、興奮気味に語った。

「人が天罰を下すなど、わたしはどうも納得できません」

善右衛門は言った。

「その通りですな」

源之助も応じた。

「このままですと、町奉行所は商売あがったりですよ」

善太郎が、

「馬鹿、御奉行所は商いではないぞ」

善右衛門が言った。

「そりゃそうだけど、口の悪い連中は言っているんだよ。天罰組がいれば、町奉行所や火付盗賊改はいらないって」

反発するように善太郎は強い調子で返した。

三

「善太郎、おまえ新規のお得意を開拓しておるのだろう」

「ええ、この寒空にせっせと歩いて回っておりますよ」

善太郎が答えると、

「こいつ、調子に乗りおって」

善右衛門は顔をしかめた。

「以前、おまえと一緒に武家屋敷に履物を売りに行ったことがあったな」

「ありました。あれは、探索でございましたが、大変に楽しゅうございました」

思い出したのか善太郎は笑みをこぼした。

「今回、また、一軒、一緒に行きたい屋敷があるのだ」

源之助が言うと善太郎は顔を輝かせた。

「行きましょう。何処のお武家屋敷ですか」

善太郎の問いかけに、

「一橋大納言さまの隠居屋敷だ」

「な、なんですって」

善太郎は両目を大きく見開き驚きの声を上げた。一人で詰め碁をやっていた善右衛門も碁盤から顔を上げ、こちらを見た。

将軍の実父が住まう屋敷を訪れるとあって半信半疑の善太郎に、

「天雲閣と評判の武家屋敷に行くのだ」

源之助は念押しをした。

「探索目的なのでしょうが、一橋家ともなりますと、出入りの商人が決まっておりましょう」

商売熱心だが、さすがに善太郎は躊躇《ためら》いを示した。横目に善右衛門がうなずくのが見えた。

「そんなことはわかっている」

「でしたら無理ですよ。門前払いされるのがおちです」

善太郎は弱気になった。

「心配いらぬ。絶対に門前払いにならないようにわたしがする」

自信たっぷりに答える源之助に、

「でも……」

善太郎は納得できない様子だ。

それを、

「蔵間さまがおっしゃっているんだ。お手助けしなさい」

善右衛門がぴしゃりと言った。開き直ったのか、好奇心に呼び覚まされたのか、

「わかりました。やります」

善太郎は全ては源之助の言う通りにしますと答えた。

明くる二十一日、源之助は一旦、居眠り番に出仕をした。

すると、

「許せよ」

松平定信である。

挨拶をしようという源之助を制して定信は中に入って来た。その顔は険しく、天罰組への憤りを示していることが想像できた。

案の定、

「一橋大納言殿、いよいよ動きだした」

定信は言った。

「天罰組によります、工藤壱岐守さま、木村左衛門介さまの成敗、御公儀では問題にならなかったのでございますか」

源之助が問いかけると、

「当然、わしは老中、若年寄どもに、法度《はっと》を犯しての天罰などは秩序を乱すものだときつく糾弾《きゅうだん》した」

定信は登城し、居並ぶ老中、若年寄相手に天罰組の非を糾弾した。ところが、そこに一橋治済が現れた。

「大納言殿は居並ぶ幕閣に対して工藤と木村の不正を言い立てた。たちまちにして、幕閣どもは怖気《おじけ》づいた」

治済は工藤と木村の不正を許したのは、おまえたちが目を瞑《つむ》っていたからだという糾弾を向けられ、

「これには幕閣ども、すっかり震えあがってしまった」

こうなると、治済の威勢に圧倒され、中にはいち早く治済にすり寄る者も出て来る始末であった。

「大納言殿は声を高らかにおっしゃった。町奉行所、火盗改から逃れている者ども、今後は自分が悪党成敗を手助けするとな」

定信が言った。

「大納言さま、そこまでして世の中を正したいのでござりましょうか」

「わしの力を削ぎ、御公儀を思うさまに操り、大御所となるのであろう」

定信は苦笑を浮かべた。

「しかし、この世には法度というものがござります。いかに、大納言さまといえど、法度を無視して勝手に成敗を行うことなどできぬと存じます」

「まさしくその通りには違いないんじゃが、いかんせん、天罰組の評判がすさまじい

盛り上がりを見せておる」

「所詮《しょせん》は一時の評判を得るものに過ぎませぬ。人はとかく評判に惑わされるものでございますが、反面、飽きやすいものでもございます。ですから、天罰組の評判もやがては下火となり、民も天罰組のことを忘れることでございましょう」

源之助の言葉に定信は軽くうなずき、

「わしも、そう思っておったが、大納言殿、そこは狡猾《こうかつ》な御仁であるわ」

ため息を吐いた。

「何かお考えなのでしょうか」

「大納言殿は町奉行所、火盗改に加えて、新たな役所を作ろうとしておるのじゃそうだ」

「その組織とは」

聞きながらも源之助の脳裏には天雲閣で見た彦次郎に鍛えられる旗本の子弟たちの姿が浮かんだ。

「天罰組を大規模にした組織だそうじゃ。屈強な剣の使い手を百人、そして、密偵を三十人雇い、主に武士、僧侶といった、町奉行所の差配以外の者の罪状を質《ただ》すのだそうじゃ。これまでは江戸の治安になど無関心であられたのに、大御所としての自覚をお持ちになられたのかのう」

　定信は皮肉まじりに言った。

「それにしましても、気宇壮大《きうそうだい》なお考えでございますな」

　源之助は言った。

「いかにも、大納言殿は大風呂敷を広げておられる」

「しかし、そんなこと反対をされましょう」

　源之助の言葉は定信には楽観的に見えたようだ。

「いいや、幕閣の者ども、己の身が可愛いのだ。そして、大納言殿がやがては大御所になると思う者が出てまいった。そうなると、我先にと、大納言殿につき従うのが人というものじゃ。嘆かわしいことにな。しかし、わしも油断が過ぎたわ。大納言殿のことを侮《あなど》っておった。その報いと申せるのかもしれぬな」

「しかし、工藤さまと木村さま、本当は賄賂など受け取ってはおらぬのでしょう。返すか、あるいはごく謝礼程度であったのでは」

　矢作から聞いた工藤と木村の収賄の実態を思い出し、源之助が言うと、

「それはそうかもしれぬが、それにしても、両名の者、脇が甘すぎたのじゃ」

　定信らしい厳しい物言いである。

「ともかく、今のうちに天罰組を止めないととんでもないことになります」

源之助の言葉に定信はうなずいた。

「蔵間、一つ頼むぞ」

「承知しました。わたしも全力を尽くしますが、楽翁さまもくれぐれもご用心なされませ」

「わかっておる。天罰組の真の標的はわしなのかもしれぬ。むろんわしは天罰組に付け入られるような不正は行っておらぬ」

「お言葉ですが、天罰組の者ども、火のない所に火をつけるかもしれませぬ」

源之助の心配を定信は受け止めたのか、表情を引き締め思案を巡らせた。やがてかっと両目を見開き、

「偶々《たまたま》かもしれぬが湊屋はわが屋敷浴恩園の出入り商人の一人じゃった」

「匂います。浴恩園に出入りする湊屋が御城の材木を受注したことを天罰組が利用したのかもしれません」

「まさか、天罰組はわしも賄賂を受け取ったと騒ぎ立てると申すか」

「可能性は大きいと思います」

「わしは湊屋から不正な金は一両たりと受け取っておらぬ。いかに天罰組とて……。

まてよ、よし、一つ天罰組に罠を仕掛けてやるか」

何か思いついたようで定信はほくそ笑んだ。

「何をお考えでございますか」

気になり源之助が問いかけると、

「まあ、任せておけ。天罰組なんぞに、一橋治済なんぞに負けはせぬ」

定信の双眸は輝きを放ち、鷹の目のように鋭く凝らされた。老中首座、将軍後見役として幕政を切り盛りしていた頃の姿を彷彿《ほうふつ》とさせる。

源之助も大いに闘志をかき立てられた。敵が大物であればあるほど、困難な役目であればあるほど、源之助は燃える。自分でも因果な性格だと思ってしまう。

四

昼を回り、源之助は善太郎と共に天雲閣へとやって来た。

「すげえですね」

善太郎は五重の楼閣を見上げた。

「怖気づいたか」

源之助が言うと、

「正直、気後れしますがね、でも、もう、あとへは引けませんよ」

善太郎は言った。

「ならば、行くぞ」

源之助に言われ、善太郎と共に裏手に回った。

善太郎が裏門を守る番士に近づく。番士は怪訝な表情を浮かべていたが、源之助のことを覚えていた。

「実は、今日はこちらで剣術修行の稽古をしておる方々に格好の履物がござってな。できれば、指南役の方にお見せしたいのだが、取り継いでくだされ」

源之助が言うと、

「少々、お待ちくだされ」

番士は屋敷の中に引っ込んだ。

善太郎が首を伸ばした。

やがて、宗方彦次郎がやって来た。源之助を見ると、

「おお」

一瞬、驚きを示したものの、源之助が見返すと、素知らぬ風を決め込んだ。

「剣術修行によい履物を持参したとか」

彦次郎は言い、源之助と善太郎を屋敷の中に入れてくれた。

屋敷の中に入り、道場へ向かう。彦次郎は源之助の脇を歩いた。

「どういうつもりなのだ」

小声で彦次郎が聞いてきた。

「おまえこそ、こんなところで何をしておる」

源之助が問い返すと、

「出稽古だ」

彦次郎はばつが悪そうに答えた。

「亜紀殿にはここに出稽古に来ているということは話してあるのか」

「いや」

曖昧に彦次郎は言葉を濁した。

それから、

「稽古に適した履物を見せてくれ」

彦次郎は善太郎に言った。

すると、侍たちが彦次郎を出迎えた。

みな、一斉に頭を下げたあと、源之助と善太郎に視線を向けてきた。

彦次郎が、

「八丁堀同心の蔵間源之助殿だ。蔵間殿とは若かりし頃より剣の研鑽を積んできた仲である。また、蔵間殿は八丁堀同心として多くの捕物の陣頭に立ってこられた。もちろん、その過程で真剣を使ったこともある。いわば、実戦の剣だ。道場では学べない実際の戦闘を前提とした剣を振るっておられる。その蔵間殿が勧める履物があるそうだ」

彦次郎が言うと、みなの視線が源之助に集まった。

源之助は自らの雪駄を脱いだ。

そしてみなに向け雪駄を見せる。中にはきょとんとする者もいたが、興味深そうな目を向けてくる者もいた。

「この雪駄、なんの変哲もない雪駄だと思われるかもしれませぬが、この底には鉛を薄く延ばしたものを入れております」

源之助が言うと、

「何故、そのようなことをなさっておられるのか」

という問いかけがあった。

「捕物の際に、少しでも武器が欲しいという工夫でござる」

源之助が言うと、興味をもってうなずく者と首を傾げる者とに別れた。

それから、

「今、わたしは捕物の一線から身を引いております。ですが、この雪駄を履き続けることがわたしの八丁堀同心としての矜持でござる。また、この雪駄を履き続けると強靭な足腰を鍛えることができるのです」

源之助は言った。

彦次郎が、

「蔵間殿は鉛の板入りの雪駄を履くことによって日々、鍛錬を行っておられるのだ」

と、みなを見回す。

善太郎が、

「こちらに見本がいくつかございますので、ご興味を持たれた方はどうぞお履きください」

と、愛想よく言い回った。

それから風呂敷包を広げた。風呂敷包の上に雪駄が並べられた。侍たちが雪駄を取り、しげしげと眺める。

「見ているだけじゃなくって、履いてみてください」

善太郎が声をかけると、侍たちは各々雪駄を履き、歩き始めた。

みなが興味深そうに鉛板入りの雪駄を見ている間、源之助は彦次郎と庭の隅に行った。

「お主、探りに来たのか」

彦次郎がにんまりと笑って問いかけてきた。

「そうだ。おまえ、ここで剣術の稽古をつけている者たち、旗本の子弟ということだが、まことか」

源之助の問いかけに、

「詳しくは知らないが、みな、旗本の子弟方に間違いない」

「旗本の子弟に稽古をつけて、大曽根一龍斎は一体、何をしようとしているのだ」

源之助の問いかけに、

「近々のうちに設立される一橋大納言さま肝煎りの組織の構成員として恥ずかしくないように育てるのがおれの役目だ」

「おまえ、天罰組の仕事には関わっておらんのか」

「おれは関係しておらぬ。おれは、あくまで旗本の子弟方に剣の稽古をつけることを引き受けたのだ」

彦次郎は言った。

その顔付きに不安の影はない。

その時、旗本の子弟の何人かが、天罰組の悪口を言い出した。

「あの者ども、我らを見下《みくだ》しておる。剣ができることを鼻にかけておるのだ」

「そうだ。昨日も素振りを見てもらおうと頼んだら、にべもなく断られた」

「奴ら、ひがんでおるのだ。天罰組などと偉そうに称しておるが、その実は浪人なのだからな。我ら将軍家の直参《じきさん》を妬《ねた》み、嫌っておるのさ」

そんなやり取りが耳に入ってきた。

「旗本の子弟方と天罰組、しっくりとはいっておらぬようだな」

源之助の問いかけに、

「聞いての通りだ。それゆえ、旗本の子弟方の稽古は天罰組ではなく、おれが任されたのだ。だから、おれは天罰組の仕事に加担することはない。そのこと、大曽根殿もしかと約束してくれた。実際、支度金と稽古料は大納言さまから頂戴した」

「まこと、大曽根がその約束を守ると思うのか」

「むろんだ」

彦次郎はきっぱりと答えた。

「おれには信じられぬな。いや、おまえとて、心の奥底では疑っているはずだ。大曽根のことをな。疑いを持つ自分を誤魔化しているのは亜紀殿のためであろう」

源之助の言葉を嚙みしめるようにして彦次郎はうなずく。

「おまえ、いざという時、つまり、大曽根に義理を返すように迫られた時、それが意に添わぬことであったとして、いかにする」

源之助は静かに尋ねた。

「その場合は……」

彦次郎は言葉を飲み込んだ。苦悩の色が滲み出ている。

「いかに」

尚も源之助が迫ると、彦次郎はむっつりと黙り込み、やがてくるりと背中を向けると侍たちの方へと歩いて行った。

何人かの侍が善太郎から鉛の板入りの雪駄を買い求めた。

「どうも、ありがとうございます」

善太郎は商人に成りきっている。彦次郎も、

「わたしも一足、もらおう」

と、買い求めた。

源之助は善太郎と共に屋敷から外に出た。

「礼を申すぞ」

源之助に言われたが、

「ええっ、あれで、お役に立てたんですか」

善太郎は半信半疑だ。

「ああ、十分だ」

「一体、何をしておられたのですか」

「まあ、役立ったからいいではないか」

曖昧に言葉を濁すと源之助は足早に歩きだした。

その足で宗方道場へとやって来た。

早速、亜紀に彦次郎のことを報告した。

「彦次郎、一橋大納言さまの隠居屋敷で旗本の子弟方相手に稽古をつけていましたぞ」

源之助の言葉に、

「まあ、一橋大納言さまの御屋敷ですか」

亜紀は驚きながらもほっと安堵したかのようだ。

「彦次郎、百人もの侍を相手に臆することなく道場と変わらぬ指導ぶりでござった」

「まことでございますか」

「嘘はつかぬ」

「それはそうですけど」

「百両もの大金を彦次郎は受け取ったのでござる。一橋大納言さまなら、それもわかろうというものでござろう」

源之助の言葉に亜紀はうなずく。

「まこと、あの人を疑ったりして申し訳ないような気がします」

「その言葉、彦次郎にかけてやってくだされ」

源之助は優しく告げた。

「ありがとうございます」

亜紀に礼を言われると源之助の胸が痛んだ。彦次郎とて、自分の運命の想像をしているのではないだろうか。今、亜紀に言ったことは心配をかけまいという一心であるが、それは源之助自身の逃げに違いない。

それでも亜紀を安心させることをしてしまった。

源之助は深い不安を胸に抱きながら外に出た。


夕暮れとなって彦次郎が道場に帰って来た。

「お疲れさまでございます」

茜射す玄関で亜紀が三つ指をついた。

「うむ」

口数は少ないが、彦次郎の様子に亜紀が気を使っているのがわかる。

「夕餉になさいますか」

「そうだな」

彦次郎はゆっくりと居間へと向かった。亜紀が台所へ立った。

彦次郎は亜紀に対し、申し訳ない気持ちで一杯になった。しかし、今更引き返すことはできないのだ。百両を貰ってしまったのだ。大曽根が何者であろうと、どんな企てをしていようと自分は大曽根の飼い犬になってしまったのだ。いくら、剣の稽古をしていているだけといっても、大曽根に役立っていることに変わりはない。

もう、後戻りはできない。

五

またも、天罰組が天罰を下した。

二十二日、寺社奉行熊坂信濃守《くまさかしなののかみ》が天罰組の犠牲となった。罪状は熊坂が芝増上寺《しばぞうじようじ》修繕の際、若年寄工藤壱岐守、普請奉行木村左衛門介同様に、湊屋伝兵衛から百両の賄賂を受け取っていたというものだった。

天罰組の評判は高まり、それと共に一橋治済の大御所就任を願う声が高まってきた。それにつれ、町奉行所の怠慢をそしる声もあがり、八丁堀同心の中にはやる気をなくす者も出始めている。

世の中の勢いというものは凄まじい。

源之助も居たたまれなくなり、矢作と酒を酌み交わした。

八丁堀の縄暖簾《なわのれん》の小上がりで二人は向かい合った。

「近頃では、天雲閣に町人たちが訴えているそうだぞ」

矢作は言った。

「どういうことだ」

源之助も興味を抱いた。

「目安箱《めやすばこ》だよ」

矢作は言った。

目安箱とは、八代将軍徳川吉宗《よしむね》が庶民の声を政《まつりごと》に取り入れようと江戸城辰《たつ》の口《くち》にある評定所《ひょうじょうしょ》前に設置したものだ。その結果できたのが、小石川《こいしかわ》の養生所《ようじょうしょ》であることは有名だ。

その目安箱を一橋治済は隠居屋敷に設置しているのだそうだ。

「町人どもの意見を聞こうとなさっておられるのか」

源之助の問いかけに、

「それがな、民政のことよりも、御公儀の役人たちの不正を訴え出ろと言っているのだぞうだぞ」

矢作はごくりと猪口《ちょこ》を呷《あお》った。

「それでどうするのだ」

「不正を働いていると名指しされた役人を天雲閣に呼び出し、天雲閣内に設けられた白洲で大曽根が吟味を行い、クロとみなされたらその場で処罰されるのだそうだ。お蔭で、上は御老中、下はおれたち八丁堀同心までがびくびくしているって有様だ。なにせ、天雲閣の目安箱に告げ口されちゃ、敵《かな》わないからな」

矢作は言った。

「これでは、法度《はっと》や町奉行所、評定所がなんのためにあるのかわからないじゃないか」

源之助の不満に矢作も深いため息を吐いた。

「親父殿、いかにする」

「なんとかせねばならん」

「あたり前のことを言うな」

矢作が苛立ちを示すのも無理はないが、源之助とても責められたところでどうしようもない。

すると、

「あ、ここですか。随分探しましたよ」

と、入って来たのは京次である。

「おお、まあ、飲め」

矢作が早速酒を勧める。京次も目を細めて酒を飲み、息を吐いたところで、

「天雲閣、近々にも見物できるそうですぜ」

京次は言った。

「見物だと」

矢作は目を剝いた。

「あの楼閣に登れば、さぞや見晴らしがよかろうと、それはもう町人たちの間では大した評判になってますよ」

京次が言うと、

「ふん、馬鹿は高い所が好きだっていうがな。おおっと、こんなことを言ったら、天雲閣の目安箱に告げ口されるかな。それで、白洲に引き出されて大曽根の裁きを受けるってわけだ……。もちろん、そんな勝手はさせておけないぜ」

矢作は大きく口を開けて、がははと笑い飛ばした。

「ともかく、一橋大納言さまのご評判はこれで益々上がる。天雲閣のように天まで昇るような勢いだな」

源之助は皮肉気に笑った。

京次は煮豆を箸で摘まみ、口に放り込むと、

「ところで、先頃、天罰を下された寺社奉行と若年寄工藤壱岐守さま、そして普請奉行木村左衛門介さま、みなさま、松平定信さまと懇意にしておられました。それで、今、巷では定信さまをお三方の黒幕だと揶揄する声が聞こえておるのです」

京次は声を潜ませた。

「どうも臭うな。大曽根がでっち上げて天罰組に命じて、市中に流させているんじゃねえか」

矢作が言った。

「それが、楽翁さまを疑う投書が天雲閣の目安箱に連日あるんだそうですよ」

京次は源之助と矢作の顔を見た。

「いかにも、定信さまを陥れるような魂胆のような気がする」

源之助が矢作に賛同すると、

「いくら、天罰組といえど将軍さまの後見役までなさった楽翁さまに天罰を下すことなどできはしねえよ」

矢作が応じた。

「そうですかね。あたしは心配ですね」

京次は危ぶんだ。

矢作が、

「天罰組には一橋大納言さまが控えておられるからか」

「それもありますが、近々のうちに訴人が天雲閣に駆け込むって噂があるんですよ」

京次は言った。

「訴人とは何者だ」

源之助が問いかけると、

「工藤さま、木村さまに賂を贈ったという材木問屋湊屋伝兵衛の番頭だそうです」

番頭は伝兵衛が松平定信に利用されたに違いないと町奉行所に訴えたが、町奉行所はとり合ってくれない。そこで、天雲閣の目安箱に投書したところ、近々のうちに大曽根に召し出されるのだそうだ。

「それで、大曽根が吟味を加えてから一橋大納言さまによって訴えが取り上げられるとか」

「その結果、松平定信さまの罪状が明らかとなったら、いかがするのだ。まさか、天罰組が定信さまに天罰を下すのか」

矢作の問いかけに、

「そこまではわかりませんがね、今の大納言さまの勢いじゃ、本当に大御所になられるかもしれませんや。そうなりゃ、いくら定信さまだって、大御所さま相手には手も足も出ませんよ」

京次の言う通りである。

「定信さまはどうするんだろうな。あのお方のことだ。天罰組のご自身への攻撃なんぞはよくご存じだろう。そうしたら、このまま指を咥《くわ》えているとは思えんぞ」

矢作は言った。

「そうだが、どうだろうな」

源之助は危惧を抱かないではいられない。

寛政の遺老がいなくなり、権勢を誇る治済とは反対に威勢が落ちたことに危機感を抱いているのではないか。

いや……。

居眠り番を訪れた定信は言っていた。

天罰組が自分の不正をでっち上げようとしていることを逆手《さかて》に取って罠をかけてやろうと。

すると、湊屋の番頭による天雲閣への訴えは定信が仕組んだことではないのか。

そんな気がするが、定信の企みではない可能性だって大きい。

いずれにしても湊屋の番頭のことが気にかかる。

「京次、湊屋の番頭、何処におるのか調べてくれ」

源之助の依頼を、

「承知しました」

と、快く京次が応じたところで、

「親父殿、湊屋の一件を調べ直すつもりか」

「そうだ。湊屋の贈賄騒動が楽翁さまを陥れるために仕組まれた天罰組の陰謀であるとすれば、天罰組の所業は世直しなどではないと明らかにできる」

源之助は言いながら宗方彦次郎のことを思った。

治済が大御所になれば彦次郎はそれなりの役職で召し抱えられるかもしれないのだ。治済が大御所になったなら、どんな世の中になるのだろう。大曽根の天罰組が江戸を闊歩するのだろうか。今のところ、町方の差配外にある幕府の役人たちのみを対象とした不正摘発に限定しているが、それが、町奉行所の上に位置する組織になってしまうかもしれない。

天罰組は幕府というよりも治済の個人的な組織であり、やがては治済に敵対する者を排除するための組織となっていくに違いない。

恐るべき世になる。

天罰組に監視される世の中になってしまうのではないか。

まっぴらごめんである。

ちろりが空になり、

「酒をくれ」

源之助が奥に向かって声を放った。

「今日は、酒が進むな」

矢作に言われ、

「飲まずにはおれん」

源之助はむっとしながら答えた。

すると、亭主がちろりを持って来た。それを、

「こっちだ」

横から酔っ払いがちろりを掠め取ってしまった。

「おい、これはこっちだぞ」

矢作が言うと京次が立ち上がり酔っ払いからちろりを奪い返した。すると酔っ払い

の仲間が出て来て、

「てめえら、おれたちの酒を盗むのか」

男たちはいかにもやくざ者といった連中だ。

「盗むのはどっちだ」

京次が反発したところで、

「おめえら、大人しく飲んでろ」

矢作がやくざ者の頭を小突いた。するとやくざ者たちは目を剝き、

「あんたら、八丁堀の旦那だな。いいのかよ、町方の役人が善良な町人から酒を奪った上に乱暴を働いてよ」

大声で喚き立てた。

「なにが善良な町人だ。どの口がそんなたわごとを抜かすのだ」

矢作はやくざ者の顎を摑んだ。やくざ者は顔を歪め、

「天雲閣の目安箱に投書してやるぞ」

他のやくざ者も、

「そうだ、大納言さまに訴えるぞ。八丁堀役人の横暴だ」

やんやと囃し立てた。

矢作が殴ろうとしたのを源之助が留め、

「わたしは北町の蔵間源之助だ。訴えたくば訴えろ」

いかつい顔を際立たせて、やくざ者たちをねめつけた。

やくざ者たちはしばしうじうじとやっていたが、

「覚えてやがれ」

捨て台詞《ぜりふ》を残して店から出て行った。

六

「あんな野郎たちまで、天雲閣の目安箱を言い立てやがるんですからね。世の中、おかしいですぜ」

京次が言った。

「まったくだが、さすがは親父《おやじ》殿だ。一向に動ずることがなかったんだからな」

矢作の言葉に京次もうなずく。

「あたり前だ。八丁堀同心がやくざ者に脅されて、なんとする」

源之助は胸を張った。

「そうだ。何も萎縮することはない。これまでとちっとも変える必要はないんだ」

矢作も胸を張った。

「なら、あっしは早速、湊屋の番頭を探り出しますよ」

京次は言った。


明くる日の朝、湊屋の番頭清蔵が住む、芝神明宮《しんめいぐう》の裏手にある長屋へと京次はやって来た。

清蔵は白髪交じりの髪を見せながら京次と対した。

「清蔵さん、湊屋伝兵衛さんの亡骸を引き取りにいらっしゃいましたね」

あの時の岡っ引きだと気付き清蔵は納得の顔をしたが、すぐに警戒心を抱いたようで目をしばたたかせた。

「何か御用ですか」

清蔵はぶっきらぼうに言った。

それを聞き流し、

「今、どうしていらっしゃるんですか」

京次の問いかけに、

「湊屋が潰れて、何もやることありませんよ」

清蔵は言った。

「暮らしには困っていないようですね」

家の中を見回し京次は言った。

「まあ、少しは蓄えがありますからね」

清蔵は言った。

「ところで、天雲閣の目安箱に投書したんですって」

「そうですよ。御奉行所じゃ相手にしてくださいませんでしたからね」

横を向いて清蔵は言う。

「あんた、本当に悪いのは松平定信さまだって訴えているんだね」

京次が問いかけると、

「ええ、そうですよ」

ぶっきらぼうに清蔵は答える。

「何か証《あかし》でもあるのかい」

「証っていいますかね、あたしはね、旦那から聞いたんですよ。松平定信さまにも百両をお渡ししたってね」

「そんなのは証にはならんと思うがな」

「じゃあ、腹を割りますがね、実はあたしがお届けしたんですよ」

清蔵は言った。

「なんだって」

京次が目を丸くした。

「出鱈目《でたらめ》を言うなよ」

「出鱈目じゃないですよ。あたしは、ちゃんと受け取りを持っているんですからね」

清蔵は誇らしげに胸を張った。

「そいつを見せてくれないか」

「かまわねえが、奪い取ろうなんてしたら、承知しねえですよ」

疑わし気に清蔵は言う。

「そんなみっともねえことはしはねえさ」

京次は目を見開いた。

清蔵は箪笥《たんす》の中から一枚の受け取りを取り出すと京次の目の前で広げた。湊屋から百両を松平定信に贈ったことが記され、受け取りの署名として松平定信の家臣馬廻り役土岐甚十郎の名前があった。

「楽翁さまご自身じゃなくて、ご家来じゃないか」

京次が言うと、

「金の受け取りを殿さまが自分でやりなさるはずはないでしょうが」

「そりゃそうだがな」

「わたしはこれで、十分だと思いますよ。どっちみち、きちんとしたお調べは天罰組のみなさまがやってくださいますよ」

清蔵は受け取りを大事そうに折りたたむと着物の懐中に入れた。

「あんた、それをやって、駄賃でももらえるのか」

「どういう意味ですよ」

「天罰組から駄賃でももらえるのかと聞いているんだよ」

京次の目が凝らされた。

「冗談じゃない。十手持《じって》ちは妙な言いがかりをつけるんだな。気分が悪いですね。よし、あんたのことも目安箱に投書しますよ。十手にものを言わせて、言いがかりをつける悪党だって。天罰組は岡っ引きが悪さをするんで、岡っ引きは認めていないってことですからね」

清蔵は脅すかのように冷笑を放った。

京次は昨晩の源之助を思い出した。

「やれるものならやってみな。好きにやったらいいさ。おれが十手を預かっているってのはな、この世の悪党を召し捕ってやるためだよ。伊達《だて》や酔狂で十手を預かっているんじゃねえのさ」

京次は啖呵《たんか》を切った。

清蔵は呆然としていたが、やがて、

「お帰りになってくださいよ」

薄笑いを浮かべたまま言った。

京次は苦々しい顔で引き戸を閉め、外に出た。


京次がいなくなってから天罰組の橋本右京が清蔵の家に入った。

「今のは町方の岡っ引きだな」

橋本の問いかけに、清蔵は首肯し土岐甚十郎の署名入りの受け取りを差し出した。

橋本は一瞥し、

「うむ、動かぬ証拠だな」

満足そうに呟くと、十両を添えて清蔵に返した。

清蔵は満面の笑みで受け取った。

第五章　雪中突破

一

霜月の二十四日の昼下がり、本所吾妻橋の袂にある茶店で矢作兵庫助は左右田健三郎に会った。

鈍色《にびいろ》の空からぽつぽつと雨が落ちてきた。傘を持たずに来たことを後悔しつつ縁台に並んで腰かけた。

「今日は、わたしが汁粉を奢りますよ」

左右田の声は弾んでいる。矢作は礼を述べてから、

「うれしそうだな。探索、上手《うま》くいっているのか」

「ええ、まあ」

左右田が曖昧に言葉を濁したところで汁粉が運ばれて来た。無言で汁粉を食べ終わり、矢作は左右田に向き直った。

「お主、大曽根の懐に入るうちに、探索の仕事を捨て、取り込まれてしまったのではないか」

気がかりなことを矢作が尋ねると、

「どうして、そんなことを聞かれるのですか」

平静を装っているが、左右田は矢作の視線を逃れるように横を向いた。

「違うと否定しないのか」

矢作が問を重ねると、

「もちろん、取り込まれてなんぞおりません。どうして、矢作殿が拙者をお疑いになるのかと疑問に思ったのです」

「日本橋の桔梗屋、知っているだろう。普請奉行木村左衛門介さまが大曽根一龍斎に斬られた」

「むろん存じております」

「木村さまを斬ったのは大曽根だが、若い侍がその場に立ち会っていたと桔梗屋の主人から聞いた。お主だな」

左右田は矢作に向き直り、

「拙者です」

意外にもきっぱりと認めた。矢作はうなずき、

「湊屋伝兵衛を拷問して無理やり口を割らせたことといい、内偵のはずが大曽根の手先になっているじゃないか」

「大曽根を欺くためです……。とは、申しません。確かに拙者は大曽根の手先になっていますね」

開き直ったのか左右田は悪びれることもなく答えた。

「どうしてだ。大曽根に金で丸め込まれたのか」

「そうではありません。探索をしたところでどうしようもないと悟ったのです」

左右田の顔には自嘲気味な笑いが浮かんだ。

「一橋大納言さまが後ろ盾になっているからか」

「それもありますが、大曽根の素性を知ったことが大きかったです」

左右田は宗方彦次郎を桔梗屋に案内した際に聞かされた大曽根一龍斎の素性、すなわち閑院宮典仁親王の青侍であったこと、閑院宮が上皇になれず無念の死を遂げ、大曽根が親王の無念を胸に江戸に下って来たことを語った。

「大御所就任を楽翁さまに反対された一橋大納言さまに迎えられ、亡き閑院宮典仁親王さまのご無念を晴らす、つまり白河楽翁さまを誅《ちゅう》するという壮大な物語を聞かされたのです」

「禁裏《きんり》のことはわからんが、お主は大曽根に圧倒されてしまったということだな」

呆れたように返した矢作に、

「実際、御公儀は大納言さまに手も足も出ないではございませんか。大曽根と天罰組が好き勝手に人を斬ろうが、どうすることもできないのです」

諦めきったような左右田の態度である。

矢作が黙ると、

「反論できないでしょう」

得意がることもなく左右田は淡々と言った。矢作は舌打ちをして、

「この上、楽翁さままでが天罰の対象となってしまったら、まさしく大納言さまの世となるだろうな。きっと、大御所にお成りになられるだろうさ」

現実を嚙みしめてしまった。

大曽根が何故一橋治済の手先になったのかはわかった。松平定信への大曽根の深い恨みも知ることができた。左右田と同じく、知れば知るほど大曽根と天罰組には敵《かな》わ

ないという諦めの気持ちを抱いてしまう。

「矢作殿、貴殿も天罰組に加わりませんか。探索方はこれから募集することになっております」

左右田の誘いかけに、

「断る。おれは八丁堀同心だ。天罰組などという輩とは交わる気はない。どんなお偉いお方でも人には違いないんだ。神さま、仏さまでもあるまいに、人が天罰を与えるなどということはできるはずがねえ」

矢作が断ると、

「お気持ちはわかります。拙者も大曽根を怪し気だと思ったからこそ、内偵を行ったのです。ですが、大曽根は決して怪しい男ではありませんでした。素性確かな剣客であったのです。矢作殿が申されるように、人である以上、天罰を下すことは大曽根殿にもできません。ですが、これから大納言さまの世となれば、天罰組が江戸市中の治安を担うことになりますよ。今は、町方の手が及ばない御公儀の不正役人の成敗のみを行っておりますが、御公儀の正式な組織となれば、町奉行所や火盗改の上位に立つことでしょう。実際、天雲閣の白洲では目安箱に訴えのあった不正役人たちが裁かれ始めています」

左右田の声音には次第に熱が籠った。

しかし、左右田が熱くなればなるほど矢作の気持ちは冷めていく。

「せっかくの誘いだが、おれは加わる気はない。今後、大納言さまが大御所にお成りになろうとな」

言い置いて矢作は外に出た。

雨はみぞれに変わっている。背中が丸まり、手がかじかんだ。吐く息が白くなり、もう一杯汁粉が食べたくなった。

「ええい！」

何もかも吹っ切るように矢作は、みぞれ降る吾妻橋を渡っていった。

勘定を終え、左右田も茶店を出た。

みぞれ降る雪空を見上げ、矢作と同じく傘を持ってこなかったことを悔いた。

往来には傘を持たない男女が手庇《てびさし》や手拭を頭に掛け、ぬかるんだ往来の泥を跳ね上げながら走って行く。中には商家の軒先で雨宿りをする者や茶店に駆け込んで来る者も見受けられた。

天雲閣までは二町ほどだ。一息に走るかと身構えたところで、

「使え」

と、番傘を差し出された。

見返すと天罰組組頭橋本右京が傘を差し立っている。右手で柄を持ち、左手で閉じられた傘を左右田に向けていた。

「これは、橋本さん、かたじけない」

深く頭を下げ、左右田は受け取ると傘を差した。

天雲閣の方に歩きだそうとしたが、橋本は逆方向にある吾妻橋に向かった。

「何か御用向きがあるのですか」

追い付いて左右田が声をかけると、

「付き合え」

ぶっきらぼうに返し、橋本は歩を速めた。

「何処へ……」

問いかけようとしたが橋本の耳には届かないのか、振り向いてもくれない。かじかむ手に熱い息を吹きかけ、左右田は橋本について行った。

橋本は橋は渡らず、大川の河岸へ降りて行く。冷たい風とみぞれをものともせず、背筋をぴんと伸ばし足早に歩く姿は一角《ひとかど》の剣客であることを物語っていた。河岸になんの用があるのかという疑問を胸に閉じ込め、左右田も河岸へ降りて行った。

みぞれが激しさを増し、河岸を行き来する者はいない。大川には数艘の屋形船が見受けられるが、どれもぴったりと障子が閉じられていた。

橋本は吾妻橋の橋桁に立ち大川を眺めた。風が鳴り、横殴りとなったみぞれが左右田の顔面を襲う。

橋本は大川を見ながら、

「そなた、町方の同心と会っておったな」

「……。あ、いえ、そのようなことは……」

しどろもどろとなり、落ち着けと左右田は自分に言い聞かせる。

「茶店で親しそうに汁粉を食べておったではないか」

ここで橋本は左右田に向いた。

「ああ、あれは同じ道場に通っておった者でございます」

咄嗟に取り繕ってから、しくじったと唇を嚙んだ。案の定、

「嘘をつけ。あの男、以前にも見かけた。そなたが天罰組に加わりたいと願い出た時、心根を見てやろうと切腹を迫った。そなたは躊躇《ためら》った。我らはそなたに乱暴を働いた。あの者はそなたを庇った。あの時、そなたとあの者が懇意にしておるようには見えな

かったぞ」

「そ、それは……」

「そなた、何故、大曽根先生に近づいた」

「先生の志《こころざし》に打たれたからです」

「嘘はよい。貴様、先生や我らを内偵しておったな」

「正直に申し上げます。拙者は火盗改の同心です。最初はおっしゃったように先生を内偵しておりました。ですが、先生の履歴を知るに及び……」

左右田の言葉が止まった。

橋本は暗く淀んだ目で左右田を見据えると、傘を投げ出した。傘は風に舞い、大川に落ちた。

次いで、橋本は抜刀し、大上段から斬り下ろした。

左右田の傘が裂け、脳天から血が噴き上がった。

二

明くる二十五日、源之助が居眠り番に出仕すると、新之助と源太郎、それに京次が待っていた。

日に日に寒さが募り、既に火鉢の炭が熾《おこ》され茶も用意されていた。

「なんだ、なんだ、揃って。おまえたち、そんなに暇か」

冗談めかして語りかけると、

「白河楽翁さまに天罰組の魔手が伸びています」

新之助が言った。続いて京次が湊屋の番頭清蔵から定信に百両を届けたという一件について説明がなされた。

源太郎が憤り、

「天罰組の狙いは最初から楽翁さまであったのですよ」

新之助も首肯して賛意を表した。

意外な気はしない。大曽根一龍斎、一橋治済は松平定信を敵視していた。特に治済は政《まつりごと》への考え方も生き方も正反対である。天下の楽に先んじて楽しむ治済と天下の憂に先んじて憂う定信である。

すると、

「邪魔するぞ」

矢作の声が聞こえたと思ったら肩を怒らせ大股で入って来た。矢作はどっかと座る

と、

「賑やかなことだな」

と、みなの顔を見まわした。

脂ぎった顔は冬にあっても暑苦しい。

源之助が、

「南町きっての暴れん坊も暇のようだな」

「親父殿、雁首揃えて茶を飲んでいるわけではあるまい。天罰組、どうしようかって話しているんだろう」

「その通りだ。天罰組、いよいよ、楽翁さま成敗に向けて動きだしたからな」

「楽翁さま成敗の前に殺しを一つ、やりやがった」

矢作は左右田健三郎が斬られたことを報告した。

「今朝、吾妻橋の下、大川の河岸で見つかった。脳天をかち割られ、雨ざらしになっていた。無残なものだったよ」

「火盗改の同心であったな」

源之助が聞くと、

「大曽根一龍斎を内偵していたんだがな」

残念そうに矢作が唇を嚙むと、

「下手人は天罰組と見ていいですね。これまでと同様に何か左右田殿の非を糾す書置きがあったのですか」

源太郎が問いかけた。

首を横に振ってから、

「何もなかった。おそらくは、内偵していたことが発覚したのだろう」

答えながらも矢作は複雑な思いに駆られた。

左右田は内偵をしていたのだが、大曽根の履歴を知り、天罰組の勢威を目の当たりにして天罰組に加わることにした。いわば、火盗改を裏切ったのだ。ところが、天罰組は左右田を密偵として斬殺した。

皮肉な結果である。

「どうした、何か疑念でもあるのか」

源之助は矢作の顔が曇っていることを気にかけ、問いかけた。

「左右田のことなんだがな、確かに大曽根を内偵していたんだが、内偵を進めるうちに天罰組に寝返ったんだ」

左右田から聞いた大曽根の履歴を矢作は語った。閑院宮典仁親王に仕えていたと知り、みな驚くと共に大曽根が定信を恨む理由がわかり納得もした。

「怪し気な男だと思っていたが、親王さまにお仕えしていたとはびっくりだろう」

矢作の言葉にみながうなずいた。

しかし、源之助一人は、

「どうしてだろうな」

と、疑問を投げかけた。

みなの視線が集まると、

「大曽根はどうして左右田に雑用を任せたのだろうな」

源之助は矢作に問いかけた。

矢作は腕組みをして、

「それは……。左右田がうまいこと大曽根に取り入ったのだろう。左右田が天罰組に加わりたいと願い出た場におれは居合わせたんだがな、左右田は天罰組の連中から激しい乱暴を加えられた。それでも、左右田は熱心に大曽根に仲間に加わりたいと訴え続けた。そうした、熱心さが大曽根に受け入れられたのではないかな」

答えたものの自信がないのか、いつものような力強さがない。得心がいかないように源之助も眉根を寄せ、

「大曽根一龍斎という男、情にほだされるような男とは思えん」

源之助に続いて、

「わたしも、蔵間殿の考えに賛成だ」

新之助が口を挟んだ。

「確かにそうだが、ともかく大曽根は左右田を身近に置いたんだ。こいつは信用できると思ったから、宗方彦次郎への使いを頼み、自分の履歴を明かしたんだろう。親父殿はどう思う。親父殿のことだ。何か考えがあるのだろう」

矢作にしてはまたも曖昧な物言いをした挙げ句に源之助を頼った。

「大曽根は左右田が自分を内偵するとわかっていて雇ったのではないか」

源之助が返すと矢作は黙ってうなずいた。源之助は続けた。

「左右田を通じて自分の履歴が広まるように企んだのではないか。そして、役割が終わったと見た大曽根は左右田を消した、という筋書きではないか」

「さすがは親父殿だ。なるほど筋が通っている。ならば、ついでに尋ねるが、大曽根、自分の履歴をどうして左右田を通じて広めようと思ったのだ」

「その方が信憑性があるだろう。自分からぺらぺらと話すことより、密偵が探り当てたことにした方が真実味が増す。そして、密偵とわかっていながら左右田を通じて流したということは、その話が嘘だということを物語っている」

源之助は断じた。

新之助と源太郎、京次は半信半疑の様子ながら、

「おれも、その通りだと思う」

矢作は諸手《もろて》を上げて賛同した。

新之助は不安そうな顔で、

「大曽根は閑院宮さまにお仕えしていなかったのなら、どうしてそんな嘘を吐く必要があるのですか。それに、楽翁さまを恨み、楽翁さまを成敗するなどという大それた企てを行うこともなかろうと思いますが」

源之助が答えるより早く、

「一橋大納言さまに接近するためだよ」

矢作は賛同を求めるようにして源之助を見た。源之助はうなずいて話を引き取った。

「矢作が言ったように、大曽根は一橋大納言さまに近づいた。大御所就任を反対され、人柄、政に対する考え、いずれも正反対な楽翁さまへの大納言さまの憎悪を利用して懐に飛び込んだのだ。大納言さまを操り、天罰組なる組織を作り上げ、江戸の市井《しせい》、さらには政を動かそうと企んでおるのだ」

源之助は結論づけた。

「親父殿の考えに間違いはないと思うが、それが本当なら大曽根一龍斎、一体、何者なのだろうな」

新たに生じた疑問を矢作が投げかけた。

即座に、

「何者であろうと関係ない。ただの悪党だ。いや、ただの悪党ではないな。一橋大納言さまをたぶらかし、楽翁さまを陥れんと企て、御公儀の要職にある者や商人を殺した大悪党。そしてこの大悪党の狙いは御公儀を牛耳《ぎゅうじ》ることにある。我ら絶対に屈してはならん。江戸を大悪党に渡してなるものか」

源之助のいかつい顔が際立った。

「そうだ、大曽根と天罰組を成敗するぞ」

矢作も気勢を上げた。

ところが、新之助と源太郎、京次は口を閉ざしている。矢作が顔をしかめ、

「おい、おい、そんな陰気な顔をしているんじゃない。親父殿が大曽根退治を宣言したんだぞ。まさか、反対するのか」

これには新之助が、

「大曽根を退治することに異議はない。しかし、弱気だと叱責されるだろうが、実際、大曽根や天罰組を退治するとなると、大義も手法も思いつかぬ」

矢作は睨み返し、

「悪党成敗に大義なんぞいらん」

いかにも矢作らしい乱暴な理屈には、口出しすることを遠慮していた京次が、

「そんなことおっしゃったって、大曽根には一橋大納言さまが後ろ盾についておられるんですよ」

続いて源太郎も、

「大曽根と天罰組は天雲閣を根城としているのです。まさか、天雲閣に乗り込んで天罰組と争うわけにはいきますまい」

懐疑的な言葉を述べた。

新之助も口にこそ出さないが、否定的な顔つきである。

「気合いが足りんぞ、北町」

大きく顔をしかめ嘆く矢作を、

「気合いで町方の役目はできませんよ、兄上」

源太郎が諭した。

「そらそうだがな」

むっとしながら矢作は言い、顎を掻いた。新之助が、

「何か方策を立てねばなりません」

と、源之助に向き直った。

「ちゃんと考えておる」

源之助が答えると、みなの背筋がぴんと伸びた。

三

「我らで天雲閣に乗り込み、天罰組と白刃を交え、悉《ことごと》く成敗する」

眦《まなじり》を決し、源之助は宣言した。

我が意を得たりとばかりに矢作のみは手を叩き賛同したものの、あまりにも無謀な計画に新之助や源太郎、京次は口をつぐんでしまった。

三人を代表するように源太郎が、

「それではあまりに無策ではございませぬか。父上らしくございません。第一、一橋大納言さまの御屋敷に勝手に乗り込めるはずはございません。よしんば、我ら処罰さ

れることを覚悟で押し入ったとしましても、大曽根を筆頭に天罰組は練達の者ばかり、いいえ、決して弱気になっているのではございません。剣での争いになった場合……」

とても敵《かな》わないという敗北宣言はできないと思ったのだろう、源太郎は言葉尻を曖昧にした。

日頃ならどやしつける矢作も大曽根や天罰組の強さをよく知っているため、黙ってしまった。新之助が目で源之助に話を続けるよう促してきた。

「確かに今、わたしが言った通りやれば、我ら、枕を並べて討ち死にを遂げるであろう。それればかりか、大罪人の汚名を着せられ、累《るい》は身内に及ぶ。さらには、南北町奉行所の責任問題にもなろうな。その結果、天罰組は益々力を得て、大納言さまがお考えになるように町奉行所や火盗改の上位に立つことになる」

悲惨な話を展開しているが源之助の顔は明るい。むしろ、楽しんでいるかのようだ。

矢作までもが戸惑う中、

「楽翁さまにご助力いただく」

源之助が言うと、

「楽翁さまは天罰が下されようとしているんだぞ。失礼ながら楽翁さまにおすがりするのはいかがなものかな」

反論する矢作にみなもうなずく。

「おすがりするのではない。こちらが楽翁さまをお救い申し上げる。よって、楽翁さまにも手伝っていただくということだ」

「どういうことだよ」

「楽翁さまには天雲閣へ出向いていただく。自ら天罰組の裁きに身を委《ゆだ》ねていただくということだ。そして、楽翁さまの供にわたしがついて行く」

「なるほど、それなら、親父殿は正々堂々と天雲閣に乗り込めるというものだ。ならば、おれたちも楽翁さまのお供に加わるということか」

矢作が問いかけると、

「お供に加わるのはわたしだけだ。大納言さまと大曽根が楽翁さまの御屋敷を来訪した際、わたしは大納言さまの前で大曽根と剣を交えた。よって、わたしが楽翁さまのお供に加わることは不審がられない」

源之助の脳裏に大曽根に二度も負けた屈辱が蘇《よみがえ》った。

「父上、何故、楽翁さまの御屋敷で大曽根と勝負なさったのですか」

源太郎の疑問はもっともだが、

「それはよいではないか」

源之助が答えないと、源太郎は不満そうな顔となったが、

「今回の一件には関わりない。蔵間殿、きっと影御用の一環であったのだろう」

新之助が源太郎を戒めると、源太郎はそれ以上は問うてはこなかった。

矢作が、

「じゃあ、おれたちはどうやって入り込むんだ」

「おまえたちも天罰組に裁かれるというわけだ。つまり、目安箱に投書されるのだ。おまえたちが悪徳同心だってな」

源之助は愉快そうに笑った。

「悪徳同心か、まいったな」

頭を掻いて矢作は笑ったが、新之助と源太郎は渋い顔をした。それでも源之助の策に反対しないのは妙案が思い浮かばないからだろう。

新之助が、

「天雲閣に入る方策はわかりましたが、その後、我らで天罰組と刃を交えることになりますね……」

「勝てるかと言いたいのであろう。一か八《ばち》かというよりも無謀な企てだ。しかし、勝ち目はある。天雲閣には百人もの旗本の子弟がおるからな」

「旗本の子弟方を味方につけるのか」

矢作が言った。

「そういうことだ」

自信たっぷりに答える源之助に対して、新之助と源太郎、京次は疑いの目を向けてくる。

「もちろん、賭けだ。味方になってくれるかどうか半々だが、この賭け、やってみる値打ちはあると思う。何故なら、大曽根が率いる天罰組の連中は貧しい御家人や浪人ばかりだ。ろくに武芸が出来ないくせに家柄がいいがために裕福な暮らしを送る旗本の子弟を馬鹿にし、憎しみの気持ちさえ抱いている。それゆえ、御公儀の役職を利用して私腹を肥やす者を成敗することに生き甲斐と喜びを感じているのだ。だから、旗本の子弟の稽古を誰もつけようとはしなかった。それどころか、蔑《さげす》みの言葉を投げもしたのだ」

源之助が説明を加えると、

「なるほど、旗本の子弟たちは天罰組をよろしく思っていないのだな。そんな者たちに天罰組の正体を報せ、共に討とうと誘えば、動くかもな」

矢作が期待を示した。

「そういうことだ」

源之助がうなずく。

新之助が、

「蔵間殿の策はわかりました。わたしは反対しません。ですが一つだけお聞かせください。大曽根一龍斎、まことに閑院宮さまにお仕えしていたとしたら、いかがしますか」

「それでもかまわん」

「かまわんとは、どういうことですか」

納得がいかないように新之助は聞き直した。

「我らが大事なことは大曽根一龍斎を倒すこと。我ら、何も大曽根と天罰組の面々を町奉行所の白洲に引き出そうというわけではない。斬るか斬られるか。文字通りの真剣勝負である。つまり、理屈ではなく腕が勝負を決する。そして、我らが勝てば、大曽根たち天罰組が賊となる。負ければ我らが賊となる。二つに一つ。大曽根の素性などはどうでもよいことだ」

源之助が決意のほどを述べ立てると、

「しかし、我らが大曽根や天罰組を制したとして、大納言さまは黙っておられましょうか」

　まだ納得できない新之助が疑問を呈した。

「黙っておられるとも」

　自信満々に源之助は答える。

「どうしてですか」

　今度は源太郎が問うてきた。

「大曽根は閑院宮さまにお仕えしていたのではなく、得体の知れない浪人に過ぎず、大納言さまは大曽根に騙されていた、ということにすれば、大納言さまは傷つくことはない。それでいて、大曽根のような男に乗せられたという罪悪感は大納言さまに残る」

　源之助は言った。

　矢作が、

「そういうことだ。親父殿は大納言さまと大曽根たち天罰組を分断しようとしておるのだ」

「なるほど、よくわかりました」

　源太郎が感心を示すと、

「まさしく、実戦的なお考えと存じます」

ようやく新之助も源之助に賛同した。

「無事、策の通り事が運ぶとは限らぬが、どうなろうと決着をつけるのは、剣だと心得よ。つまり、今回の御用は町方の御用にあらず。十手《じって》を使うことはない。では、十手を預かる我ら八丁堀同心として名折れではないかと思うかもしれぬが、八丁堀同心とて武士の端くれである。そして、今回の一件は八丁堀同心としての誇りを懸けた勝負となる。誇りと命を懸けた勝負だ」

話を締め括ってから源之助は源太郎を横目に見た。新之助がそれを敏感に見て取り、

「源太郎、そなたは今回の役目から外れろ」

と、言った。

新之助の言葉の裏には子供が誕生する源太郎への気遣いが感じ取れる。

「お気遣い無用です。もし、牧村さんが生まれてくる子のことを気遣ってくださっているのだとしたら、わたしは余計にこの役目に身を投じたいと思います。命を惜しんで生き長らえたとしても、そんな父を子供は軽蔑することでしょう」

源太郎が言うと、

「よく言った、源太郎。美津はな、おまえが死んだとしても、子供を誇り高く育てる

ぞ。安心して死ね、あ、いや、おれもだがな」

矢作らしく豪快に笑い飛ばした。

源太郎は真顔でうなずく。

源之助が、

「馬鹿、やる前から死んだ先のことを考えてどうするのだ。よいか、必ず生きて帰るのだ。死ぬのは悪党ども、我らではない。我らはみな、生きて家族のもとに帰る、それでこそ、役目を成就したことになる。よいな」

源之助はきつく言い聞かせた。

みなの目が爛々と輝いた。

「よし、必ず、大曽根と天罰組を成敗し、無事帰って来るぞ。帰って来たら、目一杯飲むぜ」

矢作は言った。

「うむ、勝利の美酒を味わおう」

新之助が応じる。

源太郎は言葉は発しないものの、強い決意を目に込めた。

「天罰組に天罰を下してやる」

改めて声高らかに源之助は宣言した。

四

その日の晩、源之助は宗方道場に彦次郎を訪ねた。

亜紀はずいぶんと顔色がよくなっており、源之助もほっと胸を撫で下ろした。居間で向かい合った彦次郎が、

「近々にも道場に大工を入れるつもりだ」

「亜紀殿もよくなったようで、何よりだ」

源之助は挨拶をしてから、

「ところで、夜分に訪れたのは頼みがあってのことだ」

「天雲閣絡みだな」

彦次郎は静かに返した。源之助はうなずいてから、

「近々のうちにおれは天雲閣に乗り込み、大曽根一龍斎と天罰組を退治する」

事もなげに言ってのけた。

「退治するとはどういうことだ。捕縛するのではないようだが」

いぶかしみながらも彦次郎は源之助の決意を感じ取ったようで、

「剣で立ち向かうのだな……。おれへの頼みとは天罰組退治に加われということか。だとしたら、おれはできない」

彦次郎が大曽根から百両を受け取った以上、天罰組に弓引けないのは十分に理解できる。

「ならば、申す。百両は一橋大納言さまから出た金だったのだろう。そして、おまえの役目は大納言さまを慕って集まった旗本の子弟たちへの剣の稽古。大曽根と天罰組との関わりはない。おれの頼みとは旗本の子弟を天罰組退治に振り向けて欲しいということだ。そろそろ、実戦の稽古をさせてもいいのではないか」

源之助の頼みに、

「あの者たちはとても天罰組には敵《かな》わない。むざむざと剣に倒れることになる」

彦次郎は静かに首を横に振った。

「剣を交えよとは言わない」

「じゃあ、何をすればいいのだ」

「それは当日、おれが指示をする」

源之助は言った。

「よくわからんな……」

戸惑う彦次郎に、

「天罰組の所業、絶対に許すわけにはいかない。今のうちに止めないと、とんでもない事態を招く。そのことはわかってくれるな」

「むろん、おれだって天罰組を止めなければとは思う」

「ならば、おれに力を貸してくれ」

源之助は声を励ました。

二度、三度うなずいてから彦次郎は言った。

「わかった、おれは力を貸す。おまえの指示通り旗本の子弟を動かしもしよう。但し、一人も死なせないと約束できるか」

「約束しよう」

はっきりと源之助は告げた。


霜月の晦日《みそか》、松平定信を乗せた駕籠が天雲閣へと入って行った。

駕籠を警護するのは先日、浴恩園にて天罰組と手合せをした者たちばかりである。

そして、その中に源之助の姿もあった。曇天の下、天雲閣が威容を誇り、さながら巨人に見下ろされているかのようだ。巨大な影を屋敷内に落とし、無言の威圧を加えていた。

吹く風は冷たく、底冷えがして今にも雪が降りそうだ。

定信一行は天雲閣の裏手に設けられたお白洲に到着した。周囲を練塀が囲い、濡縁と一段高い座敷を設けた建屋がある。町奉行所のお白洲をそっくり運んで来たかのようだ。まさか、定信をお白洲に引き据えるわけにはいかないとの配慮であろう。定信の席は建屋の座敷に用意されていた。

源之助や警護の侍たちは白洲に敷かれた筵《むしろ》の上に座らされた。白洲の隅には矢作と新之助、源太郎、京次も控えていた。いずれも大曽根による裁きを待っている。小者がみなの大小を預かった。

源之助たちは丸腰となった。

雪催いの空からとうとう雪が降ってきた。お白洲は吹き溜まりと化し、雪と風が容赦なく源之助たちに襲いかかる。

この場に一橋治済の姿はない。

閉じられた奥の襖が開き、真紅の胴着に身を包んだ大曽根一龍斎が出て来た。相変わらずよろよろと覚束《おぼつか》ない足取りで、定信の前にやって来ると一礼して座した。大曽根の登場に合わせるかのように天罰組の面々も建屋の濡れ縁に居並んだ。揃って真紅の胴着姿のため、吹雪《ふぶ》いても目立っている。

　大曽根が、

「本日は楽翁さまの他に北町の同心牧村新之助、蔵間源太郎、蔵間が手札を与えている岡っ引きの京次、さらには南町の同心矢作兵庫助が裁きを待っておる」

　大曽根は射すくめるような目で白洲を見下ろす。源之助に気付き、にやりとした。

次いで視線を定信に戻すと、

「楽翁さま、目安箱に湊屋の番頭清蔵なる者から訴えがございました。訴えによりますと、江戸城修繕に使用する材木を発注の際、材木問屋湊屋伝兵衛に便宜を図った咎により、当天罰組が成敗しました若年寄工藤壱岐守、普請奉行木村左衛門介、寺社奉行熊坂信濃守に加えて、というより真実の黒幕は白河楽翁さまであり、楽翁さまにも湊屋は百両を贈ったとあります。それはまことでござりますか」

　大曽根は爛々と目を輝かせ、しわがれ声で定信を詰問した。

「身に覚えはない」

　淡々と定信は否定した。

「楽翁さまご自身がお受け取りになられたのではなく、家臣の土岐甚十郎殿が受け取ったのではござらぬか」

尚も大曽根が追及すると、

「土岐、そなた、受け取ったのか」

大曽根を向いたまま定信は大音声を放った。白洲の筵に座していた土岐は立ち上がり、

「受け取っておりませぬ」

と、これまた大きな声で答えた。

それを聞いて定信は、

「聞いた通りである」

堂々と大曽根に言った。

大曽根は動ずることなく、

「ならば、訴人である湊屋の番頭、清蔵を召し出すと致す」

と、橋本に命じて清蔵を連れて来させた。

程なくして清蔵がお白洲の隅に正座をした。既にお白洲には雪が積もり始めた。顔面に吹き付ける風雪にたじろぐことなく源之助たちは大曽根を見据えている。それでも、目に入る雪はいかんともしがたく、手で払い除けねばならなくなった。

大曽根が、

「清蔵、その方、楽翁さまのご家来、土岐甚十郎殿に湊屋の主人伝兵衛の依頼で百両を届けたな」

余裕たっぷりで問いかけた。

清蔵は激しく右手を左右に振り、

「いいえ、届けてなどおりません」

天罰組の面々がざわめいた。大曽根も表情を険しくし、

「何を申すか。その方、目安箱の訴状でしかと百両を贈ったと記しておるではないか」

「あれは間違いでございました」

答えてから清蔵は両手をついた。

すると、

「貴様、わしに土岐殿からの受け取りを見せたではないか」

橋本が濡れ縁から飛び降り、雪を蹴散らしながら清蔵に迫った。

気圧《けお》されながらも清蔵は、

「あれは、掛け取りの受け取りでございます」

「掛け取りだと」

厳しい声音で橋本は問いを重ねる。

「浴恩園に納めさせていただきました材木の代金でございます」

声を震わせながらも清蔵はしっかりと答えた。

「ふざけるな」

真紅の胴着の肩に雪を頂いた橋本は清蔵の襟首を摑み、引き立たせた。

「お離しください」

苦し気に清蔵が呻いた。

定信はちらりと白洲を振り返り、

「さても、天罰組の者は白洲をなんと心得るか」

鋭い声を橋本に浴びせた。橋本は清蔵の襟首から手を離した。

「清蔵、その方、天罰組の目安箱をなんと心得る」

大曽根が怒りの形相で清蔵をなじった。

「まことに、畏れ多いことでございます」

清蔵はひたすらに詫びた。

定信が、

「どうやら、疑いは晴れたようでござるな」

「いや、それは」

大曽根は言葉を濁した。

定信は強気となり、

「そもそも、工藤や木村、熊坂らの罪状も極めて怪しいものと存ずる。加えて湊屋伝兵衛の贈賄も疑わしい。湊屋は入れ札によって材木を受注したのだからな」

「何を証拠にそのようなことを申されますか」

それには答えず定信は続ける。

「わが屋敷に出入りしておる湊屋に江戸城からの材木発注がなされたことを逆手にとって、大曽根一龍斎、その方が工藤らの収賄事件をでっち上げたのだ」

「これは白河楽翁さまともあろうお方が何を世迷言《よまいごと》を申されますか。実際、湊屋伝兵衛は工藤らに賄賂を贈ったこと白状しておるのですぞ」

「それは伝兵衛が激しい拷問を加えられてのこと、つまり、無理やり嘘偽りの証言をさせられたものと推察致す」

「あくまで楽翁さまの推察に過ぎませぬな」

鼻で大曽根が笑ったところで、

「いや、拷問ですぞ！」

お白洲で控えていた矢作が大きな声を出した。

大曽根が、

「控えよ」

しかし矢作は聞き入れることなく、着物に付いた雪を払いながら白洲を歩いて来て、階《きざはし》の前に立つと、

「天罰組を手伝った火盗改同心左右田健三郎殿が大曽根一龍斎殿の命《めい》を受けて湊屋伝兵衛を拷問し、無理やり偽りの白状をさせたと申しておりましたぞ」

矢作は大曽根を見上げ言った。

定信が、

「左右田なる者、存じておろう」

「存ぜぬ」

即座に大曽根は否定した。

「おかしいですよ。そんなはずはないですよ。天雲閣内におるはず。呼び出してくだされ」

矢作が訴えると、

「左右田はおらん」

　橋本が答えた。

五

　矢作は橋本に向き直り、

「お主が斬ったからか」

　一瞬、橋本は言葉に詰まったが、

「出鱈目《でたらめ》を申すな」

　矢作を怒鳴り返した。

「惚《とぼ》けるな。吾妻橋の下、大川の河岸でおまえは左右田健三郎を斬って捨てたのだ」

　目を剝く橋本に対し、冷静に返す矢作に天罰組の面々が立ち上がり、大刀の柄《つか》に手を添えた。

　大曽根が立ち上がり濡れ縁に出た。

　強い風に白髪をなびかせ、

「この狼藉者を引っ立てよ」

大曽根の命《めい》を受け、天罰組の数人が機敏な動きで階を下り、矢作を囲む。すると今度は定信が立ち上がり、

「狼藉者は天罰組の者、そして大曽根一龍斎、その方じゃ」

横殴りの雪をものともせず、凜《りん》とした声音で大曽根を糾弾した。雪は激しさを増していく一方だ。

定信の言葉と暴雪によってお白洲は混乱をきたした。土岐たち定信配下の侍と天罰組が睨み合う。

そこへ奥の襖が開き、

「静まれ」

一橋治済が現れた。

吹雪の中、大曽根や天罰組が平伏をする。

治済はいかめしい顔で定信の前に座すと、

「ずいぶんと騒がしいが、お白洲の場をなんと心得るか」

「それはこちらの台詞《せりふ》でござりますぞ、大納言殿」

「楽翁殿、そなた天罰組の裁きを受ける身でござろう。神妙になされた方が身のためと存ずる」

治済は薄笑いを浮かべた。

定信は臆することなく、

「ところが、この裁き、とんだ茶番でござります。とてものこと、裁きに身を委ねることはでき申さじ」

「楽翁、その方、わしを愚弄するか！」

治済は癇癪を起こし、定信を呼び捨てにした。

「大納言殿、いい加減に目を覚まされよ。大曽根一龍斎なる氏素性怪しき者にたぶらかされて、なんと致しますか」

定信は大曽根を一瞥した。

あくまで冷静な定信に治済も落ち着きを取り戻し、

「大曽根はかつて閑院宮典仁親王さまに仕えた、れっきとした青侍であるぞ。決して、素性卑しき浪人ではござらぬ」

「これは笑止な。大曽根は閑院宮さまにお仕えなどしておりませぬ。それは、大納言殿に近づくための偽り」

「しかし、閑院宮さまの書状を持っておった」

「偽造したのでござりましょう。それに、それがし、かつて光格帝よりご実父閑院宮さまを上皇になさりたい旨、嘆願を受けた際、閑院宮家につきまして調べております。調べには仕えおる青侍の一覧もござりました。ところが、大曽根一龍斎なる者はおりません。念のため、こたび京都所司代《しょしだい》に閑院宮家にかつて大曽根一龍斎なるものが仕えたことがあったのか確かめました。やはり、おりませんでした」

「名を変えたのであろう」

治済は定信から視線をそらした。

「では、こんな報告もござります。大曽根が閑院宮さまにお仕えするきっかけとなった禁裏での天子さま、親王さまご臨席による剣術試合、そんなものは開催されておりませんでした」

淡々と大曽根の履歴を否定する定信に対し、大曽根は黙り込んだ。

「一龍斎、そなた、わしを謀《たばか》ったのか。上皇になれなかった閑院宮さまの無念をわしの大御所就任で晴らすと申したのは偽りか」

治済は大曽根を問い質《ただ》した。

黙りこくっていた大曽根であったが、

「大納言さま、わたしの履歴などどうでもよいではござりませんか。大事なことは大納言さまが大御所になられることですぞ。そのために邪魔な楽翁、すなわち松平定信が目の前におるのです。今こそ定信を始末するに絶好の機会でござる。この場で斬れば、天罰が下ったということで通ります。大納言さま、どうぞお任せください」

開き直り、轟然と言い放った。

治済の視線が彷徨《さまよ》った。

大曽根に騙されたことを知り、己が身を危うく感じたのだろう。

「大納言殿、目を覚まされよ」

定信の言葉が鞭のように治済を打った。治済はおろおろと落ち着きを失くした。

「橋本、何をしておる。お白洲におる者に天罰を下せ」

大曽根は橋本に命じた。

呆然と立ち尽くしていた橋本だったが、

「よおし、天罰を下せ」

天罰組に命じた。

天罰組の面々が抜刀し、丸腰の源之助たちを囲んだ。雪煙の中、天罰組の真紅が不気味に浮かび上がった。

「行くぞ」

源之助は立ち上がり、懐中から呼子《よぶこ》を出すと、深く息を吸って思い切り吹き鳴らした。

呼子の音が豪雪の空に吸い込まれる。

すると、練塀の屋根の上に大勢の侍が出現した。彦次郎が稽古をつけている旗本の子弟たちだ。

天罰組が視線を向けたところで、

「やれ！」

宗方彦次郎の声が雪嵐を引き裂いた。

子弟たちは一斉に石の礫《つぶて》を投げた。予想外の攻撃に天罰組は算を乱した。これに気を良くした子弟たちは、

「ざまあみろ」

歓声を上げながら石礫を投げ続ける。三方の練塀から石礫の集中砲火を浴び、天罰組は右往左往し始めた。

その隙に源之助たちは囲みを突破した。

「刀、刀、刀だ！」

矢作が小者たちに刀を返せと迫る。慌てふためいた小者たちがお白洲の隅の番小屋へ向かった。矢作を先頭に源之助たちも小屋に走る。矢作が小者を蹴散らし小屋に飛

び込む。源之助たちも小屋に入り、刀を取り戻した。

腰に差し、天罰組に立ち向かう。

石礫から逃れるように天罰組はばらばらとなっていた。松の木陰に身を隠す者、濡れ縁に上がった者、そして、二人が練塀を登って行く。石がなくなったとみえ、礫は投げられない。二人が練塀の屋根に手をかけたところで旗本の子弟たちは雪駄を脱いだ。

次いで、二人の顔面を雪駄の裏でめった打ちにする。善太郎から買い求めた源之助流の鉛の薄板が仕込まれた雪駄とあって、二人の顔面は柘榴《ざくろ》のように割れ、練塀から落ちて行った。

矢作と新之助、源太郎は大刀を手に、京次は十手を片手に天罰組に襲いかかる。土岐以下、定信配下の侍たちも加わって天罰組一人に対し、二人がかりで勝負を挑んだ。刃がぶつかる音、怒声が雪と共に乱舞する。白い息と全身から立ち上る湯気が吹雪にかき消される。

雪混じりの白砂に血が飛び散る。

数に劣っても手練れ揃いの天罰組とあって誰一人倒れる者はいない。

彦次郎は練塀を飛び降り、橋本右京に勝負を挑んだ。

「腰抜け相手に剣術ごっこをしておる宗方彦次郎か」

橋本は挑発的な言葉を投げてきた。

「貴様こそ痩せ浪人が悪党の飼い犬になって得意げに吠えておるではないか」

轟然と返すと彦次郎は抜刀した。

橋本も大刀を抜きはなつや、雪を蹴って斬り込んで来た。真紅の胴着姿の橋本は赤鬼のようだ。

彦次郎もやや前傾姿勢となって間合いを詰める。

橋本の大刀が横に一閃された。

彦次郎は下段からすり上げた。

白刃がぶつかり合い火花が飛び散る。すかさず橋本は腰を落とし、大上段に構え直した。

間髪《かんはつ》容《い》れず彦次郎も大上段に構えると、

「てえい！」

裂帛の気合いと共に跳躍する。

猛吹雪に包まれた彦次郎は白い鬼と化し、振りかぶった大刀を猛然と斬り下ろした。

咄嗟に橋本は大刀で受け止めたが、刃は両断され、次の瞬間には脳天が割れた。

源之助は大曽根と対峙していた。

三度めの正直だ。今度こそ、負けられない。

雪しまきの中、真紅の胴着が左右に揺れている。刃渡り三尺の大太刀も不気味な動きを示している。

揺れてはいるが、身体の軸はしっかりと地べたに根ざしていた。暴雪にぶれない振り子の如き動きであった。改めて大曽根の凄さを目の当たりにし、背筋を汗が伝う。

あの動きに付き合っては駄目だ。

かといって、様子を見ていてはつけ込まれる。

妖怪の如き大曽根の剣の極意は相手の太刀筋を見切るということだ。こちらの動きを読み、一見緩慢な動きでありながら的確に攻撃を防ぐ。

ならば、大曽根の意表を突けばいい。

やおら、源之助は大刀を投げた。

避けると思いきや、大曽根は大太刀で大刀を叩き落とした。

―しめた―

大太刀を振るったことで視線と身体の軸がわずかにぶれた。

源之助は屈み込むと、筵を引っ張り上げた。雪と砂が飛び散り、大曽根に襲いかかる。大曽根は雪で足を滑らせ仰向けに倒れた。その拍子に大太刀が転がる。

すかさず源之助は両手で筵を持って大曽根にのしかかった。

次いで、筵で大曽根の身体を包み込む。

筵にくるまれた大曽根は源之助にのしかかられ身動きが取れない。大曽根の上に馬乗りになったところへ京次がやって来た。

「京次、縄を打つぞ」

「合点です」

源之助と京次は大曽根を立たせ、筵の上から縄を打った。

筵に包まれた大曽根は左右に身体を揺らし始めた。蓑虫《みのむし》のように滑稽だった。

「大曽根一龍斎、この場にては斬らぬ。町奉行所のお白洲にて法の裁きを受けさせるぞ」

源之助が言うと大曽根の動きが止まった。

そして、筵に赤い沁みが広がったと思いきや、大曽根はばったりと仰向けに倒れた。

「しまった」

舌打ちをして源之助は脇差で縄を切り、筵を剝がした。

大曽根は舌を嚙み切っていた。

矢作たちは天罰組と斬り結んでいたが、そこへ旗本の子弟たちが殺到した。戦闘に疲れ果てた天罰組の面々は力尽き、誰からともなく大刀を投げ捨て、降参した。


明くる日、月が替わった師走《しわす》の一日は雪晴れの好天だった。

一橋治済は天雲閣の五重に登った。

濡れ縁に出て眼下を見下ろす。お白洲は亡骸こそ片付けられていたが、白砂は血と泥にまみれ、昨日の壮絶な斬り合いの爪痕を残している。

治済は眉を顰《ひそ》め、視線を転じた。富士が流麗な稜線を刻んでいる。

「玄蕃《げんば》、富士が美しいぞ。そばにまいれ」

富士を見ながら言葉を発した。

裃《かみしも》に身を包んだ老齢の武士が辞を低くして進み、治済の斜め後ろに片膝をついて控えた。

「富士の優美さに比べて地上の醜さたるや胸が悪くなるのう。負け犬の醜悪さと申した方がよいか。大曽根一龍斎、口ほどにもない男であったわ。天罰組は壊滅、わしの骨折りも水泡に帰した。大御所など夢のまた夢じゃ」

冷笑を放つと治済は玄蕃と呼んだ武士に向いた。

玄蕃とは陸奥《むつ》下村《しもむら》藩藩主田沼《たぬま》玄蕃頭《げんばのかみ》意正《おきまさ》、十代将軍家治の御世に権勢を誇った田沼意次の四男である。

「玄蕃、父の仇を取ってみせよ。父の仇、白河楽翁、すなわち松平定信に煮え湯を飲ませ、屈辱にまみれさせたのちに死に追いやってみせい」

治済は鋭い眼光で意正を見下ろした。

「父の失脚以来、三十有余年、この日に備えてまいりました。必ずや、父の仇、松平定信を追い詰め、大納言さまを大御所に押し上げてみせます」

意正は力強く応じた。

突風が吹き、観音扉を揺らした。

治済と意正の目には定信打倒の炎が燃え盛っていた。

時代小説
二見時代小説文庫

野望《やぼう》の埋火《うずみび》〈上〉 居眠《いねむ》り同心《どうしん》 影御用《かげごよう》24

著者 早見《はやみ》 俊《しゅん》

発行所 株式会社 二見書房
東京都千代田区三崎町二―一八―一一
電話 〇三―三五一五―二三一一［営業］
〇三―三五一五―二三一三［編集］
振替 〇〇一七〇―四―二六三九

印刷 株式会社 堀内印刷所
製本 株式会社 村上製本所

ISBN978−4−576−17175−3
http://www.futami.co.jp/

早見俊

目安番こって牛征史郎

シリーズ

完結

①憤怒の剣
②誓いの酒
③虚飾の舞
④雷剣の都
⑤父子の剣

九代将軍家重を後見していた八代将軍吉宗が没するや、家重の弟を担ぐ一派が暗躍しはじめた。家重の側近・大岡忠光は、直参旗本千石、花輪家の次男坊・征史郎に「目安番」という密命を与え、家重を守らんとする。六尺三十貫の巨軀に優しい目の快男児・征史郎の胸のすくような大活躍!!

二見時代小説文庫

森詠

剣客相談人 シリーズ

一万八千石の大名家を出て裏長屋で揉め事相談人をしている「殿」と爺。剣の腕と気品で謎を解く! 以下続刊

① 剣客相談人 長屋の殿様 文史郎
② 狐憑きの女
③ 赤い風花《かざはな》
④ 乱れ髪 残心剣
⑤ 剣鬼往来
⑥ 夜の武士《もののふ》
⑦ 笑う傀儡《くぐつ》
⑧ 七人の剣客
⑨ 必殺、十文字剣
⑩ 用心棒始末
⑪ 疾《はし》れ、影法師

⑫ 必殺迷宮剣
⑬ 賞金首始末
⑭ 秘太刀 葛の葉
⑮ 残月殺法剣
⑯ 風の剣士
⑰ 刺客見習い
⑱ 秘剣 虎の尾
⑲ 暗闇剣 白鷺
⑳ 恩讐街道
㉑ 月影に消ゆ

二見時代小説文庫

牧 秀彦

浜町様 捕物帳 シリーズ

以下続刊

江戸下屋敷で浜町様と呼ばれる隠居大名。国許から抜擢した若き剣士とさまざまな難事件を解決！

浜町様 捕物帳

① 大殿と若侍
② 生き人形

八丁堀 裏十手 完結

① 間借り隠居
② お助け人情剣
③ 剣客の情け
④ 白頭の虎
⑤ 哀しき刺客
⑥ 新たな仲間
⑦ 魔剣供養
⑧ 荒波越えて

毘《び》沙侍《しゃざむらい》降《ごう》魔《ま》剣《けん》 完結

① 誇
② 母
③ 男
④ 将軍の首

孤高の剣聖 林崎重信 完結

① 抜き打つ剣
② 燃え立つ剣

神道無念流 練兵館 完結

① 不殺の剣